主编／高长梅 王培静

◎ 文学新观赏·青少年读写范典丛书

生命的储蓄罐

袁省梅 著

SHENG MING DE CHU XU GUAN

花山文艺出版社

图书在版编目(CIP)数据

生命的储蓄罐 / 袁省梅著. —石家庄：花山文艺出版社, 2013.6(2021.6重印)
("读·品·悟"文学新观赏·青少年读写范典丛书)
ISBN 978-7-5511-1042-6

Ⅰ.①生… Ⅱ.①袁… Ⅲ.①小小说-小说集-中国-当代 Ⅳ.①I247.8

中国版本图书馆CIP数据核字(2013)第112191号

丛 书 名：	文学新观赏·青少年读写范典丛书
主　　编：	高长梅　王培静
书　　名：	生命的储蓄罐
作　　者：	袁省梅
策　　划：	张采鑫
责任编辑：	卢水淹
责任校对：	齐　欣
特约编辑：	李文生
全案设计：	北京九洲鼎图书有限公司
出版发行：	花山文艺出版社(邮政编码：050061)
	(河北省石家庄市友谊北大街330号)
销售热线：	0311-88643221
传　　真：	0311-88643234
印　　刷：	永清县晔盛亚胶印有限公司
经　　销：	新华书店
开　　本：	710×1000　1/16
字　　数：	130千字
印　　张：	10
版　　次：	2013年7月第1版
	2021年6月第2次印刷
书　　号：	ISBN 978-7-5511-1042-6
定　　价：	36.00元

(版权所有　翻印必究·印装有误　负责调换)

读，是为了更好地写

高长梅

阅读的目的是长见识，是提升自己的文化素养。这是"读"的基本意义。

很多时候，我们的阅读也无任何的目的，就是为了消遣，为了解闷，为了打发时光。其实，这是"读"的另一种境界。

但对学生乃至爱好写作的人而言，"读"还是为了"写"，即人们常说的"读写结合"。这，却是大有讲究的。

"读什么"，"怎么读"，"读"如何促进"写"，这个问题困扰人们少说也有两千多年了。外国不言，单说我国自《诗经》始，《四书五经》到《千家诗》《古文观止》《唐诗三百首》，哪一个的"读"不涉及后人的"写"？"熟读唐诗三百首，不会作诗也会吟"就说明了"读"和"写"的朴素关系。

"读"于"写"的第一点，当是语言的积累。对绝大多数人而言，"会说"也"能说"几乎是与生俱来的，但这些不一定就是我们写作的语言。即使你"会说"、"能说"，但不一定能准确表述你的想法，你的所见所闻；尤其是不一定能用丰富的、生动的、形象的语言或简洁的、凝练的、科学的语言来描述人或事物或观点。写作当如建房，没有各式各样的语料积累，其结果可想而知。巧妇难为无米之炊，再牛的能工巧匠没有基本的建筑材料他也盖不起房子来。但语言积累，不是简单的语言记忆，要内化为自己的，要在自己的胸中发酵，要让它带上自己的思想、情感。这样，在写作运用时，就不会是简单的模仿甚至抄袭。即使是原句引用，也会与你的文章融为一体，恰到好处。初学写作者，常常苦恼自己词汇少，不能准确表述自己的思想；或苦恼自己写得干巴巴的，没血没肉；或苦恼自己虽写得字通句顺，却不像别人写的那样摇曳多姿；等等。多积累语言，是根治这种"疾病"的唯一药方。因此，我们在"读"时，就要看别人是怎么用字、怎么用词、怎么用句……来描写、叙述、来情、议论的。

"读"于"写"的第二点，当是技巧的化用。"我手写我心"，看似简单轻松，看似随意，但正如建房，砖头、瓦块、木料等都摆在了你的面前，却不是任何人都建得了房的，你得有建房的技能。写作也是一样，你得掌握一定的技巧。人物怎么描写，事件怎么叙述，情感如何抒发，道理如何论证，等等，你得掌握其基本的方法，然后才能"心到手到"，写出一篇像样的文章。我们要像建房者，先做"小工"，看人家是如何砌墙、如何粉刷的；然后做"匠人"，亲自实践，在模仿中掌握其方法，逐渐为我所用；"匠人"做多了，熟练了，就成了"师傅"。"师傅"一级，技巧娴熟，房建得漂亮。而用心的"师傅"爱钻研，爱琢磨，结合他人的方法创造出更好的新方法，他就成了"建筑师"。写作同理。我们不少阅读者，语言的积累比较重视，但琢磨人家写作技巧的不多，所以文学爱好者不少，但成为作家的就少多了，原因大概与这有一定的关系。因此，我们在"读"时，就要看别人是如何选择材料、如何谋篇布局、如何安排结构、如何运用表达方式、如何布置情节……看他们如何安排重点、如何把人物写活、件、如何条分缕析丝丝入扣、如何巧妙起承转合……

"读"于"写"的第三点，当是思想的融合。有了语言的积累，也掌握了一定的技巧，文章也写得是这么一回事了。但你的文章仅仅止于此，那也不过如同一栋能住人的房子而已。一篇文章品质的高低，除了语言的准确、生动、丰富、优美、灵动……除了构思的奇巧、结构的多元、情节的波澜、布局的精妙、手法的多变……是否有思想就显得格外重要。我们常说，这篇文章语言优美，构思巧妙，但立意不高。我们还常说，这篇文章不仅语言优美，构思巧妙，而且立意高，有思想。一篇仅靠语言打扮的文章，就好比一个俗人涂脂抹粉；一篇仅靠卖弄技巧和语言的文章，就像一个没有灵魂的美人卖弄风骚而已。语言可以记忆，技巧可以模仿，但思想要靠领悟，要融入作品之中去反复地阅读，要从深层次去寻找作者的精神。有的人的文章写得很美，技巧也妙，但就是没有深度，没有思想，没有灵魂，没有底蕴，往往就事论事，往往只是当复印机，复制了场景，复制了人物，复制了事件，但都是没有活力，没有生气，没有精神的。在阅读中提升自己的思想，的确常被我们忽视。思想靠别人的潜移默化来，精神也靠别人的影响而来。我们常听说在阅读中提升了自己，净化了自己，受了一次洗礼似的教育，等等，大约就是指这些吧。所以，我们在"读"时要琢磨别人是如何通过人物的描写表现人物的思想、精神，琢磨别人如何通过将一般人眼中的小事、凡事写出其社会价值，琢磨别人如何从一滴露珠看出太阳的光芒……如何选择语言材料最准确、最鲜明地表达出思想内容而非干巴巴贴标签，如何通过景、人、物悟出其蕴含的道理而非故弄玄虚牵强附会……

"读"于"写"的第四点，当是情感的交融。文章当有情，无论你是否抒了情，情就不自觉地流出了你的笔端。阅读中，我们除汲取作者的语言养料、技巧养料、思想养料外，还要品味、感受作者的"情"。与作者同悲，与作者人物同喜，置于作者笔下的优美环境而赏心悦目，等等。这就是受作者之"情"的"滋润"。文章是否感人，除了语言、思想外，有无"真情"很重要。朱自清的《背影》靠的是"情"的打动，鲁迅的《记念刘和珍君》这篇"血写的文章"其实靠的也是"情"的喷发。一篇只有华丽的语言而无思想的文章犹如没有灵魂的躯壳；一篇即使有非凡高度思想而无情感的文章也不过是一具可能具有文物考古价值的木乃伊。但"情"在文中的宣泄如何把握，这也是我们在阅读中要学习的。这也是我们常犯的错误。写作中我们或无病呻吟虚假瘆人，或情溢滥觞叫人发腻。让"情"如何恰到好处，非向好文章学习不可。这样，我们在"读"时，就要仔细琢磨别人是如何选择写作语言表达出作者的喜怒哀乐之情，如何传递作者人物的喜悦、哀思、忧怨、恋情，或深、或浅、或缠绵、或热烈，或似小溪的舒缓、或似大海的波涛、或似斗室之花的温柔、或似山野之花的奔放……看作者如何褒贬对象，看作者如何措辞达意致情，看作者如何巧借人、事、景、物以寄寓情感……

"读"于"写"的第五点，当是风格的鉴赏。所谓风格，它是一个作家成熟的标志，是作者在文章（文学作品）中表现出来的艺术特色和创作个性。我们鉴赏其风格，主要是学习他如何创造和完善文章（作品）的风格，也就是看作者在处理题材、驾驭体裁、描写形象、表现手法、运用语言等方面各有什么特色，最终形成了怎样的风格。这些风格，最后成了一个作家个性化的标志。当然，这是"读"的高要求了。琢磨多了，实践多了，很多写作者也形成了类似的风格，便也融入了原作者的风格之中，也就形成了"派"。比如"荷花淀派"、"山药蛋派"、"读者体"、"知音体"，等等。当然，也不能简单模仿，也要适时变化，否则当年散文必"杨朔式"、小说必"欧·亨利式"的文学闹剧就会重演。

习作者若能此，写出好文章就有可能了。

弄明白了这些，还有一个重要的问题是选择什么样的读物。读名著，当然好。但很多名著由于作者所生活的时代不同，社会环境不同，或阅读者的阅历不够，文化积累不够，不一定读得懂，更不用说借鉴于自己的写作了。

基于此，我们推出了这套《文学新观赏·青少年读写范典丛书》。这些作品，不是名著，但是属于好作品；没写重大题材，但大都真实反映了社会生活的变迁，人们精神面貌的焕然一新；没有高深莫测的技巧，但或平实、或奇巧、或清新可人、或浓郁奔放，更适合青少年读者学习、借鉴。

第一辑　水涧不能干

洪水来了	002
搂树叶	004
过年	007
槐抱柳	010
父亲	012
墙角下的石磨	015
又到槐花飘香时	017

第二辑　胖伙计瘦伙计

胖伙计瘦伙计	020
粮仓	023
二月二	025
端午	028
冬至	031
祭灶	033
活儿	036
写对子	039
伴儿	042

第三辑 明天是个好天气

写家·················046
胡胡·················049
四个兜制服···········051
戏家·················053
赖家·················056
红薯疙瘩·············058
明天是个好天气·······060
学习雷锋好榜样·······063
磨刀匠···············065

第四辑 我请母亲吃碗面

工地上的女人·········070
工地开满花···········073
灶花·················076
不欠·················079
这个老赵·············081
夜航灯···············084
小蜗牛···············087
我请母亲吃碗面·······090

第五辑　一只陌生的排球

光 ……………………………………………… 094
泪水打湿了沙画 ……………………………… 097
一只陌生的排球 ……………………………… 100
收发员老发子 ………………………………… 103
夏日午后 ……………………………………… 106
敲铜锣的孩子 ………………………………… 109
老刘的心愿 …………………………………… 112
领子是厨师 …………………………………… 115
麦季 …………………………………………… 118

第六辑　为什么不种点东西

酒桌放在热炕上 ……………………………… 124
呼啸的尘埃 …………………………………… 127
为什么不种点东西 …………………………… 130
这么美 ………………………………………… 133
拯救 …………………………………………… 136
养父 …………………………………………… 138
雪花那个飘 …………………………………… 141
生命的储蓄罐 ………………………………… 144

第一辑

水涧不能干

洪水来了

雨是下在半夜的。雨点石子般把我家的房顶砸得噼里啪啦,一个闪电划在窗玻璃上,我看见我妈和妹妹惊恐地瞪大了眼睛。妹妹婴儿般缩在我妈的怀里,不敢动。

要是爸爸在就好了。黑暗中,我想。

柱儿,我妈唤我,害怕了到妈跟前来。

下雨有啥好怕的。我嘴上说得轻松,心却忐忑地乱跳。

好像只有一小会儿工夫,雨势就弱了下去。渐渐地,拍打着窗玻璃的雨点没有了声儿,小叔在门外喊。小叔说山水(洪水)快来咧,这点儿雨还没马尿多,抵不了事,旱了一夏的玉米地还得靠山水浇。

停电了。我妈点着蜡烛,从门后摸出铁锨,抓着雨衣要跟小叔去拦洪水浇地。小叔不让我妈去,说我妈身体顶不住,叫我去。小叔说,让一柱凑个数,省得人说闲话。

我知道小叔的意思。下牛坡地的十户人家,每年拦截洪水浇地都是一家出一个人。十个人前后照应,疏通河道,开挖地畔,堵留洪水……一个人根本不是洪水的对手,泥里水里还没转身,洪水就轰隆隆过来了,要么淹没了庄稼,要么是地还没浇,水已经冲下去了。

我妈看我一眼,说,他还小哩,能行?

第一辑 水润不能干

我倒是想看个稀奇,白了我妈一眼,咕哝着谁小啊。不等小叔说话,穿上衣服,噌地跳下炕,套上雨鞋,从我妈手里抢过铁锨就跟小叔走了。我妈捏着手电筒一直把我送到院门口。快要闪出巷口了,我回头看见我家院门口还亮着一团白光。

下牛坡地边站了好几个黑影子。谁的手电光照在我的脸上,吼问咋还带个娃娃?说浇地哩又不是和尿泥耍过家家哩。是根子叔。我听出他话里的不满,捏捏拳头,真想冲过去给他一拳。小叔说,一柱是娃娃?他都半大小子了哩。根子叔还是不满地哼哼着说什么出工不出力的话,雨又哗哗地下了起来。隐隐地,我听见沉闷、滞重的声音远远地传来。

洪水要来了。

根子叔也顾不上说我了。他和小叔还有其他的叔叔伯伯齐刷刷地亮起挂在胸前的手电,提着铁锨开始清理水渠河道,给地边上开豁口,检查地里的土埝。小叔悄声叫我跟着他,别乱跑。

天蒙蒙亮时,洪水来了。

山呼海啸的巨响中,浑浊的洪水裹挟着石块、树枝……奔涌过来。小叔、根子叔他们各有分工,有的跟着水头跑看,有的检查地里的土埝。我家地里有一截土埝哗地被山水冲开一道口,水呼呼地流到了地边的沟里。根子叔蹚着泥水,急忙撮土堵塞。扑哧一锨土扔进水里,就没了踪影。我急得也想跑过去帮忙,谁知一脚踩到水里,水却咕咚把雨鞋灌满。提脚时,脚出来了,鞋却胶到了泥水里,弯腰摸了一大圈子,也没摸到雨鞋。站在水里,我急得想哭,就看见根子叔把他的裤子脱了堵在豁口上,小叔赶紧扔了好几锨泥土才堵住。

小叔看我在水里,喊我去渠上,说没想到今个山水这么大。根子叔裹着一身的泥水,嚷嚷说哪个叫他来的?不顶事,还得人操心他。

我懊恼地把裤腿卷起老高,提锨准备走时,就听见根子叔嗷嗷地喊叫。浑黄的水里,根子叔举着胳膊乱摆。根子叔一定是踩到水眼了。羊凹岭人把地里的暗洞说是水眼。那些暗洞有的是地老鼠们的洞,有的是墓穴下沉后产生的。我边喊小叔,边往根子叔跟前跑。雨里水里,没人听见我的叫喊。大家都在忙着跟洪水搏击。

水眼不知有多大,等我到根子叔身边时,只能看见他半截身子在水上。我把铁锨的木把儿送到根子叔手里,叫他抓住,我来拽他。根子叔太重了,我拽得坐到了水里,他也没动一下。我抹了把脸上的泥水,扭脸看见身边的椿树,就一手抱着树,一手拽铁锨。没用。根子叔还是在水坑里泡着。我一屁股坐到水里,脚蹬着树,两手一齐用力,终于把根子叔拉了上来。

根子叔爬起来就用他的泥手在我的头上拍,顶事了,顶上你爸了。我嘿嘿笑,觉得头上脸上下起了泥点子。

洪水小下来时,下牛坡的地也浇遍了。回到家里,我妈要给我下酸汤面吃,根子叔端着一碗荷包蛋来了,说是给我吃的。妹妹也要吃。我妈不让,我妈说那是你哥挣的。我妈抹着泪看着我笑。

我抚着腿上脚上划破的血道子,觉得十六岁的我在这一夜里长大了。

搂 树 叶

生命的储蓄罐

田里的玉米豆子收了麦子也种上后,几股风刮过,天气就一阵赶着一阵的清凉、薄寒。树上的叶子一个夜里就能落一层,一个早上也能落

第一辑 水涧不能干

一层。没有风,树叶子也纷纷往下落,好像地上有谁唤它们一般,好像地上有什么好玩儿的、好看好吃的让它们看见了一般,窸窸窣窣,哗哗啦啦,匆匆地往地上赶去。

爷爷站在院子里,抓一把胡须上的风,喊一声,搂树叶子去。

爷爷夹着大的布袋子,奶奶夹着大的布袋子,我夹个小的布袋子。爷爷走得急,他是担心人家把树叶子搂没了,走几步,就要吼一声奶奶快点。奶奶不理爷爷,悄悄地指着爷爷的后脑壳对我说,老财迷老财迷。我哈哈大笑。奶奶赶紧扯住我的手,警告我小心老财迷翻脸了骂人。奶奶的一双小脚却拧来拧去快了许多。

刚走到村外,落叶就挡在了眼前。大的桐树叶子小的榆树叶子,铺满了小路。我张开袋子要搂。爷爷不让。爷爷给我使个眼色,走,前面去。奶奶捏着我的手说,跟着老财迷走吧。爷爷不像平日里动不动就吹胡子瞪眼睛地发脾气。爷爷哈哈笑着,一双大脚片子踩得树叶子都飞了起来。

拐来拐去,爷爷带我们走到下牛坡边的树林子,不走了,抖开袋子,吼一声,搂。

嗬,果然是个落叶的世界。扑通一脚踏进去,叶子就忽悠悠跳到了半小腿。密密实实,一片压着一片,一层盖着一层,一阵风吹过,又唰唰落下一层。没了风,浅黄深黄的树叶也会飘落,一片追撵着一片。偌大的林子铺得十个棉被一般厚,好像全世界的叶子都飘落到了这里,好像这些叶子聚到一起就是专门等爷爷来搂。

爷爷一手扯着袋子,一手往袋里填塞叶子,忙得烟也顾不得吃一口了。奶奶也蹲在地上,搂一堆树叶子就往袋里拨拉。我扔了袋子,摔了鞋子,踏在毯子般的叶子上,一会儿又在"毯子"上蹦跳、翻跟头,一会儿又搂起一把树叶,哗地向空中扔去。一边耍着,一边高兴地嚷:散花了,散花了……

爷爷性子急,担心搂不够冬日烧炕、引火做饭的树叶,担心他人搂光了树叶，一会儿就要抬头高声呵斥我一下，叫我不要贪玩，说不好好搂，看寒冬腊月不冻坏你的光屁股。说着话，就又匆匆地低头装树叶。

我乜一眼爷爷，埋头假模假样地捡上几片叶子，又在厚厚的树叶上打滚、疯跑；折一根树枝，把树叶串一串，当了马鞭子，或是旗子，举着呼啦啦疯跑。

奶奶跪在树叶上往袋里装叶子，白一眼爷爷，看着我，咯咯咯咯笑个不停，说，别理这个老财迷，不让娃耍你耍啊！

邻居六爷夹个袋子，站在林子外讪讪地说，这片的落叶子倒多咧。

爷爷不说话。奶奶看爷爷黑沉的眉眼，知道爷爷心里跟六爷还别扭着。因为一根柴火，六爷跟爷爷昨天吵架了。奶奶使眼色叫六爷进来搂时，爷爷却说话了，还不进来搂等风把叶子都吹跑了还是等沤烂了呢？

六爷欢喜得一脚就蹚进了林子。

布袋子到底让爷爷奶奶搂满了。

所有的袋子都如爷爷所愿圆鼓鼓的满的不能再满了，爷爷才满脸的红紫橙黄，也顾不上吃一袋烟，也不喊说腰疼了腿脚硬了，倏地将一个袋子甩到肩头，又叫奶奶给他的另一个肩上再放一个袋子，兴奋得扛着袋子往家送去了。

爷爷不让我们走，看一眼正搂得起劲的六爷，叫我们把叶子往一起堆，不要叫旁人搂走了，他把叶子装进柴房，腾出空袋子，再搂。

奶奶咯咯笑着说，你瞅这老财迷，把个落叶子当个元宝了。

爷爷耳朵也不背了，奶奶的话好像听得清楚，回头要跟奶奶理论，转来转去，看不见奶奶。他的头被两边的袋子遮住了。我和奶奶看爷爷像拉磨的驴子一样转圈圈，笑得抱着肚子躺倒在地上了。

奶奶点着小脚，在落叶中拨弄，找来软的树叶，编个蝴蝶给我玩；从水渠边拽来几棵狗尾巴草，左扭一下右扭一下，长长耳朵的小兔子就颤巍巍地立在奶奶的手上了。我举着奶奶编的蝴蝶兔子在树叶上又蹦又

生命的储蓄罐

跳。玩累了,奶奶和我躺在厚厚的落叶上,给我讲"猴娃娘",讲"七仙女"。深秋的阳光像个棉袄暖暖地盖在我身上,我睡着了……

如今,奶奶讲的故事还清楚地记得,与爷爷奶奶搂树叶的日子还清楚地记得,那些树叶编的蝴蝶兔子却找不见了,爷爷奶奶也找不见了。我站在小城的深秋里,看着日渐疏朗的树和光光的街道,也不知道树上的那些叶子都飘到哪里去了。

过 年

刚过了腊月二十五,海海就夹着一卷红纸来了。写过年的对子。前巷后街的对子都是爸爸写的。

海海把红纸放在柜子上,一双糙手搓得哗哗响,呵呵笑,不急,赶上三十贴就行。

说是不急,可他一天八百遍地往我家跑。看炕桌上还没有放下笔墨,就跟爸爸叨咕集上的肉贵了贱了,炭贵了贱了,说着话,就翻腾桌上的红纸。桌上都是邻居送来的红纸,一卷一卷的。他呵呵笑着,把他的红纸找出来,放在上面。红纸上没有记号,他不识字,可他认得他拴的绳。别人都是店里扎好的纸绳子,一模一样。他的红纸用的是一截麦秆捆扎的,一认,就认出来了。

他觉得他的红纸好。都是一个集上买的。

看爸铺开了笔墨,他就站在炕头,跟爸叨叨着一冬天三轮车可没少跑,说,今年活项好,挣了点,能富富裕裕过个年。

爸问他媳妇的病好些了?

他呵呵笑,好多了。

爸说,不容易,海海,日子都不容易。你要待媳妇好,可别像从前,动不动就牛眼瞪着。

爸研墨,叫我和海海裁纸。他不等我取来纸,已把自己的红纸解了麦秆绳,骨碌碌铺在了炕上。他还是想让先写他的。

海海蹲在炕头,两个食指小心地摁着对子的两个角,咧着嘴,不眨眼地看爸爸写。

抬头见喜、满园春色、五谷丰登……

都是些小条子。要写大门口贴的大对子了,爸爸念一个:欢天喜地度佳节,张灯结彩迎新春。

海海呵呵笑笑,这个不太亮,还有吗?

不太亮?我哧地笑了,心说,你懂啥?

爸又念了一个:多劳多得人人乐,丰产丰收岁岁甜。

好,叔,这个好。海海呵呵地,这个我一听就觉得心里敞亮。

爸唰唰地给他写了。

海海说,叔,别忘了给三轮车上写个对子,我的日子凭它哩。

爸给他的三轮车上写了:日行千里,安全第一。

除夕一早,我正在扫院子,海海来了。一来,就扯着我去他家贴对子。

海海不识字,年年过年都要叫我帮他贴对子。刚走到他家门口,我就看见门边上贴了一个小条子:小心灯火。我指着小条子哈哈笑,这不都贴上了吗?小心灯火。

他一听,呵呵地笑,怕错了,还真错了啊。搓着手就要揭,糨子刷得太多了,粘死了,揭不下。他跺一下脚,呵呵地,不揭了不揭了,就贴这

生命的储蓄罐

儿吧。

他真的是急着过年,小条子一个一个都贴好了,不过都给贴错了。"身体健康"本要贴在炕墙上,他贴到了水缸上;"米面满仓"要贴在面瓮或者麦仓上的,他却贴在了炕墙上……

我没指出他贴得不对,糨子都刷得多,粘得牢牢的,揭不下了,只说他的黑屋子贴上红对子,都亮堂了。

他哗哗搓着手,呵呵地,过年了嘛,就要亮堂。屋里一亮堂,心就亮堂了。

他真会说话。

初一早上,巷里还静静的,谁家的鞭炮声响了。先是两响,咚——嘎,接着是鞭,噼噼啪啪响了好一会儿。爸爸说,这炮,是五百响的,是海海家的。

我家放的是二百响。邻居放的都是二百响。

海海家的炮响完了,邻居迎新的炮也响了。陆陆续续,远远近近的炮都响了。

爸爸说,过日子就要像海海这样,有心劲。

初一,人们见了面,说了祝福的话,就开玩笑说海海家的对子,"抬头见喜"贴在门底,"满园春光"贴在炕墙……

海海听着,一双糙手搓得哗哗的,也跟着呵呵地笑,过年的对子贴哪都好。

槐 抱 柳

你见过这样的树吗？

本是棵槐树,扭曲的躯干、黑铁般的外表、龟裂的表皮,半腰里却被谁挖走了般,凹陷成一个马槽般的大坑。偏偏就在那大坑里长出了一棵柳树,枝条越长越大,夹在槐树横横竖竖的枝条间。风沙把村里村外的树都击打得枯死了,却在槐抱柳跟前没了奈何。

槐抱柳活着,准确地说,槐抱柳也有一部分死了,死了的是槐树的一半,长在槐树怀里的柳树却活得好好的。

这棵树生长在五里柳,是五里柳唯一的一棵树,也是五里柳最老的树。谁也不知道这棵树多少岁了。就像不知道王长信老人多少岁。有人说老人一百岁了,有人说加上闰年闰月该一百多了。王长信老人听了,笑得嘎嘎的,指着村口的槐抱柳说,它肯定知道,你们问它吧。

可是,没人问这棵老树。

人们都很忙。

人们被风沙撵着,忙着搬家。人们说,五里柳不能住了,风沙要把人都给埋了。

王长信老人没走。老人说他不走,说,那些空荡荡的院子、房子不让他走,五里柳不让他走。老人说,我走了,谁管这棵槐抱柳呢?

王长信老人每天从很远的地方担水,给自己喝,给槐抱柳喝。

都走了,就剩咱俩了。王长信老人给树浇着水,嘿嘿笑,五里柳就剩咱俩个活物了。老人把这棵树当成人了。

王长信老人浇完树,又去挑水了。村里、地里,老人种了好多棵树苗。老人说,我就不信风沙能跑过咱。老人叨叨着,五里柳不能只有你和我啊。咱得把风沙撵走,得让房子是房子,院子是院子,得让鸡飞、狗跳、鸟叫、人闹。

一场风沙过后,五里柳又是死寂一片,树苗东倒西歪的,有的连影子也吹刮到很远的地方看不见了。村口的槐抱柳就担心,戚戚地把满身的结疤都瞪成了大大小小的眼睛寻找老人。槐抱柳担心风沙把老人也吹刮得歪倒了。沙梁上老人嘿嘿地笑,我的命硬着哩,不怕。

老人在沙梁上,挖了更深的树坑,把一棵棵倒了的树苗扶起来,压实,浇水。老人说,我就不信撵不走沙,不信这树活不了。

恣肆的阳光里,老人提着铁锹,担着水桶,晃晃悠悠,晃晃悠悠地在沙梁上忙碌。

槐抱柳安心了,安安静静地没有一丝声息。老人在给老树浇水时,老树就对老人说,您也是一棵树,会走的树。老人嘿嘿、嘿嘿笑得开心,粗糙的手抚着老树,说,我是树,咱都是树,五里柳要有好多的树。槐抱柳满枝头的叶子就哗哗哗哗响了起来。

然而有一天,老人没有来。太阳在天上肆无忌惮地滚着,从东滚到西,老树都没看见老人,老树的每个枝条都耷拉得没了精神。

连着好几天,老树都没看见老人的身影,没有听见老人嘿嘿、嘿嘿的笑声。五里柳是座空村。老人的笑声在村子的哪个角落,就是在十里外那条细如发丝的河边,老树也能听见老人呼哧呼哧粗重地喘息。老树开始担心起来。没有老人,五里柳就真的完了。老树忧愁地想着。

夕阳给五里柳罩了一件金线银丝般的外衣时,老树看见了老人。老人晃晃悠悠地担着水,说,不服老不行了,得叫他们都回来,回来栽树。老树看着老人,满树的枝条都担心地揪扭成了一团。

第二天，老人果然唤来了四五个人。老人和这几个人回到村里。老人摘下一把猩红晶亮的大枣给这几个人吃。那是老人栽种的沙枣树上结的大枣。

老人说，好吃吧？

老人说，不能白吃，你们得帮我栽树。吃一颗枣，栽一棵树。

那些人看着沙梁上的树，说，栽树栽树。我们都栽树。把五里柳的人都唤回来栽树。

老树看见老人脸上狡黠的笑，一层一层地堆积。老人悄悄地给老树说，不急，他们会回来的。五里柳还是五里柳，你信吗？

果然，更多的人来到了五里柳。人们栽树累了，就坐在老树下，望着槐抱柳说，树老成精哩，有槐抱柳护佑着五里柳，五里柳就不会被黄沙埋了。

老树说，老人才是精哩，他是五里柳的精魂。

老人嘿嘿、嘿嘿地笑着，靠着老树的槽坐了下去。

老树看见老人慢慢、慢慢坐在了它的怀里。

老树用它糙糙的却温暖的"马槽"像抱柳树一样，抱住了老人。

父 亲

生命的储蓄罐

在我父亲眼里心里，男娃才算娃，两个女娃不算。女娃咋能算娃？一个女子娃，白养二十年。唢呐一吹打，空留娘家妈。男娃不一样。要

吃的是饺子,要亲的是小子。咱再苦再累也不怕,就怕娃娃没个出息。这是我父亲时常挂在嘴上的话。

提说起我,父亲的眉眉眼眼都是喜,头发丝丝都是喜,说的一套一套的。大姐二姐上完初中,就停学了。父亲忙完了地里庄稼,抽空赶集摆地摊,卖调料。他的花椒、大料、茴香、八角,有成品,也有一包一包磨成粉面的。父亲自己粉,不像人家给辣椒面里加柿子叶,给花椒里加大麻叶。父亲看不起那样的人。父亲的生意小,利薄,一年到头也挣不下几个钱。父亲供不起三个学生娃。父亲看我的两个姐姐哭得眼跟烂桃一样,嘴噘得能拴头牛,叹口气,我没法呀。但凡能供起你们,我一个都不舍得让停呀。

我不说话,低着头。

看着清水寡脸的我,父亲的眼睛软了一下,只一下,又硬了起来,男娃娃嘛,不磕打磕打,受点苦,哪能长成人?父亲提说起了前巷栓子的娃。栓子娃去年考上了清华大学,县长镇长腿软和和地往人家家里跑得那个勤呀,还送钱送匾,荣光哩。父亲的声调跟着硬了起来,你给我听好了,咬住牙,下死力学,咱考不上人家那清华,考个别的大学多念些书总归好吧。

父亲载着小山样的调料包,天天赶集。南村北街、东沟西庄,不落下一个集会。破旧的自行车走一路,响一路。父亲吭哧吭哧地骑一路,喘一路。

日子也跟赶集一般,赶到了我的高考。

高考那几天,也正好赶上了收麦。眼看着地里的麦子从地头黄到了地尾,父亲给我妈和两个姐姐撂下一句话,收麦,就靠你娘母仨了。我一手难遮四面天,我要看我娃这料麦收成咋说哩。我父亲骑上车子,带着小山样的调料包,进城了。

六月的太阳,已经有了毒劲。我父亲捏着肉夹饼找到我时,可身可脸的汗水,像是刚从水里爬上来。看着我,我父亲口干舌燥得只说了一句话,咬住牙,好好考。父亲把饼子递给我。我不接,说想吃根冰棍。父

第一辑 水涧不能干

亲掏出一把零钱,想想,似乎觉得哪儿不对,又装进口袋,从怀里掏出一沓五块十块的整票子。父亲手上蘸点唾沫,拧出两张五块,抽出,递给我。迟疑了一下,又拧出两张五块,抽出,递给我。然后,小心地把钱塞到怀里,按了按衣服,看看周围,对我说,别怕花钱,这两天考试哩,吃好点儿。说着话,又掏出那把零钱,一张张旧的一毛两毛如一片片枯败的叶子,皱巴在我父亲的手掌上。我父亲从里面挑出四张五毛,塞进我的口袋。

我说,你回去,你来,半点事不顶,还给我增加压力哩。父亲吭吭地笑,笑声干得跟地上的浮土一样,揉捏不到一起。父亲是欢喜我都会说"增加压力"这样城里的话了。我父亲说,你尽管咬住牙,好好考你的。我还要赶集卖二两花椒哩。我这是放羊拾柴,两不误。

我考了两天,父亲驮着调料包往城里赶了两天,却没有卖出一两花椒。不是没人买,是父亲根本就没把调料包从车子上卸下。父亲不想卖。我高考,我父亲心慌得没有心思做买卖。

分数下来了,巷里有两个娃考上了大学。大队敲锣打鼓地送喜报送奖学金。父亲不出门,集也不赶了。父亲不说话,跟谁都不说话,脸黑得能铲下一锨炭。终于,父亲开口了。父亲一开口,满屋稠浓的阴云一下就被挤到了墙角角。父亲把我叫到眼眉前,说,复习,再考。咬住牙,下苦学。皇天不负有心人。大学门就是铁打的钢铸的,咱也要给它咬出个洞洞来。

我不抬头,不看父亲,支支吾吾,不想再考了,还不如跟你卖调料哩。

"啪——"我父亲把桌子拍得雷响,你说啥?老子供你念这些书,就是为了让你跟我卖调料?你就是卖上一辈子调料,卖得发了财,有啥意思。人活一辈子,不就是活个意思活个出息吗?

多年以后,我大学毕业在城里工作了,我父亲却还是跟以前一样,驮着小山样的调料包,南村北街、东沟西庄的,赶集。说起我,父亲就会喜滋滋地说,咱再苦再累也不怕,就怕娃娃没个出息——还是那句话。

生命的储蓄罐

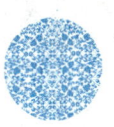

第一辑 水涧不能干

墙角下的石磨

　　墙,是楼房的墙。楼房,是农村的楼房。楼房的墙角下,放着一个石磨。

　　石磨依墙而立,上面一条一条凹凸不平的磨齿清晰可见。用来套磨杆的、投放谷物的洞眼,都还通通畅畅,没有被岁月的泥沙堵塞。我说,如果把它放在磨盘上,套上磨杆,它就会快乐地转动起来,会磨出细细的面粉吧。旁边的人就哈哈笑开了,笨,石磨该是两片。磨齿相互咬合,摩擦,才磨出面粉的。可是,那一片石磨呢?再经过石磨旁,看见石磨时,它的几个洞眼也好像在给我诉说着季节的更迭和沧桑,诉说着它的寂寞和孤单。可是,那一片石磨呢?

　　印象中是有一次推磨的经历。那年秋天,绿豆丰收了,黄豆小红豆也丰收了。母亲把一包一包的各种豆子洗干净,晾干,拿到磨盘磨豆面。那时其实已经有了磨面机。在巷子东头的戏台子里。总是有人磨面,扛着一袋的麦子、一袋的玉米。磨面机成天轰隆隆响。磨面要排队,也要收费。常常的,人们都说,磨面机磨出的面,吃着一股机器味。所以,磨盘还是没能冷寂。

　　一瓢的红豆、一瓢的绿豆黄豆通过石磨中间的小洞眼,灌注到石磨里面。母亲推着磨杆,边推,边用小笤帚把挤压出来的渣子往里推扫,把没有进到洞眼里的豆子扫进去。一圈、一圈……母亲抱着磨杆,用力地推。那时,家里没有驴,也没有马呀牛呀能帮母亲拉磨。母亲心性强,也不愿意借他人的用。母亲也不叫我帮忙。我只在一旁玩耍。玩腻了,没有好玩的了,就跑过来,抱着磨杆顶端,打秋千,或是随了母亲推动的磨杆转悠,晃晃悠悠,一圈又一圈,直乐得咯咯笑。母亲抹着头上的汗,也咯咯地笑。

依着石磨放的,还有一个石臼、一个石槽。还有一个"凹"型的石器,不知道叫什么,也不知道派什么用场。都是笨笨的很大的家伙。那个石槽,当初也许是牛马的食槽,是猪羊的食槽。砌在砖台子上,倒了新铡的草料,倒了黄豆麦麸。一旁站着的人,马牛的主人,手里提着大大的藤条编的簸箕,或者是一根搅拌的棍子,棍子在石槽里搅过来,搅过去,草料跟豆子麦麸就均匀了。或许那手上什么也没有拿,只扶着石槽,指甲缝、手纹里藏了沾了黑的泥土白的麦秆玉米秆的碎屑,一手抚摩这马的头牛的头,轻轻的,如抚了小儿子小孙子的柔柔的绒发。马呀牛呀吃得欢畅,人呀也看得欢畅。

石磨的时代已经远去,那些曾被农家当作宝贝的马牛,我也有多年没有看见过了。石臼石槽又还有几人光顾,哪怕是想起。这些石器,当年也肯定是主人的心爱。是一个家庭,甚或一个家族殷实家底的表现。穷苦人家,吃了上顿没下顿的家庭,是根本置办不起的。它们,经了石匠的手,细心地雕琢,一遍遍地打磨,交到主人的手上。主人也定是兴奋奋急切切,精心地把它们安放在磨盘上。人推,或者驴拉,石磨磨出了一箩筐一箩筐的白的黄的面粉,也磨出了主人一箩筐一箩筐的满足和自豪。

秋末的一天,从石磨旁经过,我看见居然有人用石臼捣韭菜花。绿莹莹的韭菜花盛了满盆,放在一边。那人手持一根木棍,或许是他家的擀面杖吧,坐在石臼旁,一下一下地用力地捣。来往的人有的停下了脚步,围在石臼边看。有的撂下一句话,嚄,还是这样捣的好吃。有味啊。是啊,要用的话过来吧。算了算了,麻烦。是啊,如今的人们需要的是快

生命的储蓄罐

捷,是速成。所以,才有了不合格的奶粉、添加剂超标的食物……

村里已经没有土地了。土地让一个厂子全部征用了。村里的人也都是买面粉吃。如今,石磨依然依墙而立,落满尘埃。靠墙停放的还有黑亮的小汽车。

又到槐花飘香时

当我写下"槐花"这两个字时,我的心里眼里满满盛放的都是一串一串的槐花。那些挂在树梢枝杈间的,隐在小小绿叶中的,盛在盆里碗里的,捧在母亲手里的……槐花。槐花,我默默念着,就像是在呼唤着谁的名字。村里乡间,曾经不知有多少女孩子都以它为名呢。面对槐花,任何的语言和文字都显得苍白无力和多余,你只有用你的目光去欣赏,去感知,然后想象就会随着槐花的美丽和清香蹁跹。

往往的,春寒刚过,桃园里,小院子,桃花杏花就赶趟儿似的,瑟瑟着,将一张冻红的小脸装扮出几多可爱可怜的模样,惹得多少文人墨客为它们煞费苦心。可是,它们倒好像谁的情都不理会,几滴细雨一场尘风过去,就香消玉殒,零落成泥。桃花杏花凋零后,村子进入暂时的沉默和暗淡,没有几天,风不再寒冷,阳光也不再是慵懒的模样时,槐花开了。

气味总是先行。或许是一个清冷的早晨,或许是静谧的月下,不管怎样,不可能是中午。中午太吵。中午,各种气味在阳光的牵扯下,在风儿的逗引下,在跑动孩子衣角的扇动下,在男人女人匆匆脚步的扯拽下,在牛马鼻息脚踏的冲撞下,乱哄哄的,如赶集的脚步,汇集、融合、分散、纠缠,气味就分辨不清了。在清晨或者月下,扫院子的女孩、编帽辫纳鞋底的女孩闻到了一股香味,不馥郁,不浓烈,如她们的心思,清清爽爽、干干净净的味道。顺着味道,就看见了粗糙的树皮、黑铁的树干上,不知什么时候挂了一串一串的槐花。女孩停下手中的活,望着那雪白雪白的槐花,就要愣怔、发呆半天。或许她们在惊讶,这样干巴的树干、皲裂的树皮,怎么就长出了悬挂了一串一串这样美丽的花儿了呢? 花儿是如她的味道一样,干净、清爽,美到极致。直到母亲喊了一声"捋槐花",才回过神来,不情不愿地,心疼着,小心地捧起一串槐花,把一串花放手心里端详好久,好像怕惊扰了谁的梦般,才轻轻地、悄悄地、不忍心地,一颗一颗摘了下来。

槐花一开,整个村子都香了。大家都忙着捋槐花,蒸槐花饭。

仲春时节,槐花盛开或者将开未开时,槐花饭是家乡人饭桌上的一道时令饭菜。槐花饭好看好吃,色香味俱全,制作起来也不麻烦。将槐花捋下,洗净,待水分沥净,切点青葱,加少许肉丁,撒些干面粉,添了油盐等佐料,拌匀,上笼屉蒸不到十分钟,掀开笼盖,槐花的清香先扑面而来,尝一口,软软的又有点筋道的槐花饭,伴着槐花特有的清香,让人直吃得肚圆饭饱。若是什么调料也不放,只用少许的面粉拌了,蒸熟,也好吃。咬一口,槐花原汁原味的香先溢了满嘴。

由于槐花花期的短暂,加上槐树枝条上多刺,人们采摘时,总是要用铁钩钩扯。经常的,花儿拽下了,枝条也跟着扯了下来。花期过后,槐树总是往往是残枝败叶,有的枝条耷拉着垂了下来,枝条上绿的树叶也在渐渐地枯萎,而有的地方没了树皮,白生生的树干裸露着,让人看了不禁感叹。这,是槐花的幸还是不幸?是槐树的幸还是不幸?树如人,花亦如人,得失有时也难以厘清。

只是,槐树还是一如既往地开花,开满树满枝的花,雪白雪白。

生命的储蓄罐

第二辑

胖伙计瘦伙计

胖伙计瘦伙计

胖伙计是庙里解卦的。

瘦伙计是庙里打杂的。

庙是高禖庙。高禖庙在高村。高村在黄河边上。高禖庙祭奉的有女娲娘娘,还有大禹、姜嫄、后稷。传说有一年黄沙漫天,埋了一十八里的村子,独有高禖庙内洁净,不见一粒尘埃。说的是高禖庙有三颗宝珠,避风珠、避沙珠、避水珠,因而千百年来风沙不入,洪水不淹,岿然屹立。

——这些是听瘦伙计讲的。

胖伙计只讲卦。游人来了,拜女娲,求姜嫄,希冀富贵太平、免病消灾,拜完,就会晃一个卦桶,哗哗、哗哗。一个卦签就当地掉落。捡起,递给胖伙计。胖伙计就架上眼镜,就持了签子,就一二三四五地讲了开来。

胖伙计的桌子边有个功德箱,不大,也不小。人们往里面投了钱,还要给胖伙计的解卦钱。胖伙计不计较钱多钱少,倏地就揣在怀里,笑眯眯地给人宽慰,或者祝福。人都说胖伙计不错。

平日庙里游人很少,前来拜献的也少。胖伙计就闲了,抄着手,站在廊檐下看黄河,看黄沙,看黄沙边缘的农田和旁边的村子。唯独不看瘦伙计。

瘦伙计闲不下来。黄河边风多。一年一场风,初一刮年终。天天有

生命的储蓄罐

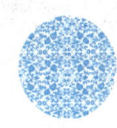

第二辑 胖伙计瘦伙计

风,天天就得打扫庙里庙院。没有游人,瘦伙计也打扫。先是举着个掸子拂了神像上香案上的灰,拂了一面一面大红旌旗上的灰,再擦条凳香案,然后,就抡着一把偌大的扫帚,唰、唰……从早起扫到吃饭,吃了饭,接着扫。

胖伙计看不起瘦伙计。胖伙计说,打扫哪个不会?你解一个卦试试。说得也是。胖伙计觉得他是有本事有文化的人,就支使瘦伙计打水、做饭、洗衣……胖伙计瘦伙计都没有家室,都在庙院住着。庙院里有好多空房子。胖伙计住东厢房的一间。瘦伙计住西厢房的一间。有一年胖伙计病了,夜里要人照顾,瘦伙计就把铺盖卷到了东厢房。胖伙计好了,就把瘦伙计的铺盖抱到了西厢房。胖伙计说瘦伙计,你身上的味太冲,受不了。瘦伙计嘿嘿笑着,挠挠光头,走了。

可是,胖伙计却不嫌弃瘦伙计做的饭。一日三餐,都是瘦伙计做。胖伙计吃得有滋有味。有时也挑剔,嫌咸了淡了。嫌弃着,也不少吃一口。倒是瘦伙计上心,筷子头蘸一点菜水,尝尝,吧唧吧唧嘴,皱着眉头说没品出咸淡,碗里的菜已经见底了。

有时,他们也闲扯几句,都是胖伙计说,瘦伙计听。说得最多的是他小时候家境的殷实富裕,说他小时候怎样的读书,先生怎样的严厉拿着板子打手心……说来说去,说了八百遍了,还是那点东西,可瘦伙计每次都跟初次听说一样的专注、认真,盯着胖伙计的脸,跟着胖伙计讲说的内容,欢欣,或者唏嘘。胖伙计不看瘦伙计,他看黄河。缓缓流淌的黄河看不看他,听不听他的叨叨,不知道。

高禖庙热闹的是庙会,三月十八、九月十八。这两天游人多,求卦的人也多。胖伙计就忙,从早起开了庙门给赶着烧头炷香的人解卦,到了半下午,也闲不下来。

庙会时,瘦伙计有时在庙里,看看香炉里的香烛插满了,就拔起,摁灭,放在香案下。有时在院子,拎着簸箕笤帚,打扫卫生。

胖伙计瘦伙计都忙。

我去过高禖庙几次,是凑热闹,是去看庙外的黄河、黄沙边的绿地和庙门前搭架的货摊、小吃摊。人来人往,俗世的喜庆充盈着满满的快乐。

今年三月十八,我又去了。正殿门侧边桌子后端坐的还是胖伙计。他正忙着给人解卦,忙着收钱。胖的脸上紫红闪亮。庙院里拿着簸箕笤帚的不是瘦伙计,是个矮小的老头,黑着眉眼,呵斥着游人不要乱扔东西,扁阔的嘴巴不满地咕咕哝哝。

原来,瘦伙计离开了高禖庙。有人说是让外甥接回家养老去了。庙院,终归不是家。有人说是因为胖伙计收卦钱的事,瘦伙计跟胖伙计闹翻了,让胖伙计的侄子打发走了。胖伙计的侄子是高村的主任。

我想起来了——去年,跟朋友来闲玩,朋友要抽签,抽了签,却找不到胖伙计。不是庙会,瘦伙计说胖伙计去他侄子家了,他去喊。转身走时,瘦伙计又折回身子,叮嘱我们解卦不要钱,说是村里给我们发工资,他给你要,你别给。胖伙计来了解了卦,果然伸手要钱。我说不是不收费吗?不是村里给你发工资的吗?我看见胖伙计的胖脸倏地就黑红油亮了,诺诺着说不出话来,却拿眼睛剜了瘦伙计一下——真是因为这个吗?

九月十八高禖庙会时,我又去了。庙里,胖伙计还是坐在正殿门侧的桌子后,忙着给人解卦,忙着将钱揣到怀里。庙院里,意外地看见了瘦伙计。他提着簸箕笤帚在游人中捡拾、清扫。只是,整整一个上午,我都没看见瘦伙计走进正殿。他在庙院里转悠,打扫卫生,或者静静地站着。

生命的储蓄罐

粮　仓

大年三十哩,为挣俩钱连祖宗也不要了,粮仓也不画了。

爷爷的叹息如檐下悬挂的冰溜子般灰白寒凉。若是从前,爷爷当院就跺脚喝骂开了。爷爷有这个权利嘛,在羊凹岭张姓门里,他是辈分最大的。事实上,他也骂过。但,现在爷爷不骂了。骂给谁听呢?一个个院子都静悄悄的,人都在外打工,没回来。爷爷知道,社会变了,人的眼界都高了宽了,都想挣个好光景,这没有错。只是爷爷想不明白,为挣俩钱连祖宗也不祭拜连粮仓也不画了,这年过得还有啥意思?挣的钱再多还有啥意思?

爷爷唤了我去扫院子。院子已不是土院子,爸爸这几年挣下点钱,把以前的老房子拆了,盖成了带走廊的大北房,院子也给铺了水泥。当时爷爷不愿意,说留个土院子种个瓜瓜菜菜的。爸爸不同意,说是谁现在还稀罕你种的那点儿菜。还说人家都是水泥院子,就咱是个土院子,让人看着笑话。土院子没了,土院子的桐树、苹果树、核桃树也让儿子给砍了。这倒好,扫起来省事。爷爷哗啦哗啦扫着院子,心说。

没几下,爷爷就把院子扫干净了。

我们画粮仓喽。爷爷站在院当中,掏摸出一根粉笔,弯腰撅屁股画了没一步长,腰就疼得受不了了,扑通一屁股跌在了地上。爷爷嘿嘿笑着,老了,不行了。我扯拽着爷爷叫爷爷起来,又从爷爷手里抓过粉笔也要画"粮仓"。

我撅着屁股,刺——画了一个圈。爷爷抬眼看时,我的"粮仓"已经画好了,歪歪扭扭的一个小圈圈。爷爷指着我画的"粮仓",哈哈笑,这就是你的"粮仓"?我瞪着黑亮的眼,歪着头,说,是啊。爷爷说,你这哪是粮仓?还没老鼠窝大,能装多少粮食?我瞅着自己画的"粮仓",说,那我再画一个。说着话,又撅起了屁股,刺地又画了个圈。

爷爷笑得直抹眼睛,说,好我的娃哩,咱得要一个大大的粮仓,装好多好多粮食的粮仓。

我用力伸开了胳膊,比画了一个圈,爷爷,是这么大吗?

爷爷说,比你那还要大哩。

我扯着爷爷的手,比画了一个圈,问,爷爷,是这么大吗?

爷爷指着院子说,要这么大哩。

爷爷蹲下,可着院子画了一个大而规整的圆圈,呼呼地喘着粗气,说,粮仓要这么大才好哩,粮食把粮仓装得满满的才好哩。

还有梯子呢,爷,还要画上梯子呢。我在"粮仓"里蹦跳着,喊着。

是啊,有了大粮仓,没有梯子可不行,咱得给"粮仓"画上"梯子"。转脸画梯子时,腿又疼得蹲不下,爷爷捶打着腿,抬眼看一眼我,黑沉地叹息,就你爸记不得画粮仓画梯子,过年了也不回来。

歇了一会儿,爷爷掏摸出粉笔,在"粮仓"的周围画了四个大大的"梯子",横平竖直,一边画,一边吭吭地说,五谷丰登,粮丰仓满,年年大丰收,岁岁好光景……

我在一旁炒豆子般学舌,五谷丰登,粮丰仓满,年年大丰收,岁岁好光景……

爷爷嘎嘎笑得欢。

我也嘎嘎笑得欢。

爷爷给自己院子画好了"粮仓",又唤我到三钱家院子画"粮仓",到二猪家院子画"粮仓"……

爷爷说,过年哩,给大家伙院子都画上"粮仓",来年大家伙都能五

生命的储蓄罐

谷丰登,粮丰仓满。

爷爷边画边叨叨,他们都忙着挣钱哩,顾不上回来画"粮仓"。爷爷想说,没有了粮食,挣钱再多有啥用时,想起眼下是大年三十,咽了口唾沫,改口说,老天有眼,也让他们五谷丰登,粮丰仓满,年年大丰收,岁岁好光景……

爷爷没想到,天快黑了,要点线香祭神祭祖时,我爸回来了,二猪三钱也都回来了,巷里好多人屋里都亮起了灯。他们都顶着风雪,骑着摩托车赶了几百公里的路,回来过年了。爷爷叫我爸到院子把"粮仓"再画画,说,你回来了就描上一笔。我爸说有个意思就行了,还真当回事哩?话是这样说,看爷爷殷殷切切的眼睛,还是抓了粉笔把"粮仓"细细描画了一遍。

爷爷去二猪三钱家,叫他们都把院子的"粮仓"再画画。他们嘻嘻笑着,说好好,回来就是过年哩画粮仓哩,就盼来年咱都五谷丰登,粮丰仓满呢。

黑的夜里,爷爷看着院子画的"粮仓"和"梯子",一笔一画白亮亮的丰满又生动,笑了。

二　月　二

男人刚从地里回来,女人就说,今天二月二,吃了饭给妞子送几根麻花去。

羊凹岭的风俗,二月二,龙抬头。过了这天,天气转暖,虫子也都醒了。二月二咬根麻花,意在咬了蝎子蜈蚣尾巴,就不怕遭虫害了。

男人扑嚓扑嚓洗着脸,半盆水溅得满地都是,听女人的唠叨,怔了一下,旋即,掬起一把水,哗地泼在脸上,满脸的水珠子骨碌碌滚。

女人又说,妞子就爱吃麻花。打小就爱吃。一根麻花,咬得嘎嘣脆。你说,她咋就那么爱吃麻花呢?

男人还是不理女人的话,毛巾把脸都擦红了,还在噌噌地擦。半晌,才说,城里啥没有?总让送。一个麻花,又不是什么人参燕窝。吃完饭要去送麻花时,嘱咐女人小心点,别碰到哪儿。

去年刚入秋,女人眼睛就坏了。中药西药吃了一麻袋,女人眼前还是一团模糊。有几次到城里医院,好像都忙得只顾了看眼睛,出出进进两三趟,也没去妞子打工的酒店看看去。女人没提说。男人也没提说。可是,明显的,从城里回来,女人吃着药,眼睛却更不好了。

男人看女人提着泔水桶,一步一步走得小心,眉头就卷起两个愁苦的疙瘩,声调不由得就轻柔了,要不……嗯,我说要不……叫妞子回来看看你?

一句话男人断了三截。

女人手里的泔水桶咕咚漾了一地。女人慢慢放下桶,说,算了吧。妞子,她只要好好的,回不回来吧。

那也行,等她忙过这段,叫她回来。男人憋得满脸通红。

男人到妞子打工的酒店时,已是晌午。

男人找来"妞子",把麻花递给她。说,还要麻烦你,有时间打个电话给她妈。她妈说是不想妞子,我知道,咋能不想呢?大半年了,她一天就盼着电话响。那眼窝,还不是哭瞎的?

男人面前的"妞子"是妞子的好朋友。妞子车祸时,还是女孩给男人打的电话。大半年来,也是女孩装作妞子给女人打电话,哄女人开心。

生命的储蓄罐

男人说,没法子,女人身体不好,妞子没了,女人再有个闪失,这个家就完蛋了。

女孩眼圈红红的,说,叔,要不,我回家看姨一下。姨的眼睛也看不真,老是电话,我怕她起疑心。

男人和女孩回到家里时,女人正坐在屋门口太阳下,举着妞子的相片,放在眼前看一会,又举起来对着阳光看一会,脸上滚着泪,独自喃喃,妞子,二月二了,过年都一个月了啊妞子,你出门八个月零五天了,大半年了,五月二十七出的门,不让走,偏要走……就说城里能挣下钱,守在羊凹岭没意思。你不知道,你一走把妈的心都带走了啊妞子……

男人悄悄站在院子,抹着泪。

女孩悄悄站在院子,抹着泪。

男人做张做势地把土院子踏得鼓响,高声大嗓门地喊,我们回来了,哈哈,我把妞子给你骂回来了。

妈,女孩拉过女人的手说,妈,我回来了。

相框飞到了地上,"砰"地一声,玻璃碎了。

女人拉过女孩的手,把女孩紧紧抱在怀里,妞子,我的妞子,你咋才回来……泪水羊屎蛋般在女人女孩的脸上扑簌簌滚。

女人叫男人割肉去,说妞子回来了,咱包饺子。

吃完饭,女孩要赶到城里去。女人牵着女孩的手,把女孩一直送到村口,刚松了手,又找着要抓。女孩捧住女人的手,说,妈,你回去,有时间,我就回来看你。又嘱咐女人按时吃药,少干点活,不要磕着碰着了。

客车卷起一团尘土跑了,看不见影子了,女人还在路边站着,向着车的方向,一直看。

女人深一脚浅一脚回到屋里,唤了声男人。男人不在家。女人在柜上摸到妞子的照片,坐到屋门口,又举着照片看。女人叨叨,妞子,他们怕我伤心,都在哄我哩,我心里清楚,我一听就听出来了,那女孩靠我身边叫我一声妈,我就听出来了,我一摸女孩的手,就摸出来了,那女孩,不是我的妞子……你爸也难过,一夜一夜睡不着,就在炕上翻腾。妞子,你爸是咱家的顶梁柱,他要是有个什么不好,咱家就散了……

男人回来了,听得女人的话,一下怔住了。

屋里电话响了。

女人摸过去,抓起电话,是女孩打来的,很响的声音,男人在门外听见电话里女孩唤"妈"。

女人含着泪,脸上却漾着笑,好,妈等你回来,给你做好吃的。

泪水在男人的脸上汪洋。

端 午

奶奶不明白小娥怎么了,快到端午了,荷包定量越来越多,小娥却一个人坐在院子的绒线花树下做。

小娥不理奶奶,头也不抬一下,裁一块大红的绸布,指甲盖大小,上上下下一缝合,留一个黄豆粒大小的口子,塞了棉花和朱砂,细密地缝合了口,一个小小的心形荷包飘着五彩的穗子,挂在小娥的眼前了。想想,又做了一个同心荷包。看着小巧精致的同心荷包,小娥俏俏的眉眼间漾起了明亮亮的淡粉浅红。

小娥只做了两个同心荷包,挂在绒线树枝上。奶奶又催促小娥快来

帮她不要做那个了,说,太慢,人家催货哩。

小娥还是不理奶奶,剪一块紫粉的布,做一个小葫芦荷包;剪一块明黄的布,做一朵木槿花荷包……

小娥做着荷包,想着一个人。那人是城里一家超市的采购员,好几年了,每到端午节时,都要来小娥家收购奶奶做的荷包。奶奶手巧,葫芦荷包、蜻蜓荷包……奶奶都能做得精巧。多年以前,端午节时,小娥家的绒线树下,总会坐好多的女人,巷里的婶婶嫂嫂,还有未结婚的姐妹,跟着奶奶学做荷包。羊凹岭的风俗,端午节时,女人做好多荷包,送老人孩子,送亲戚邻居,避邪,祈福。可自从有一年,那个采购员看见奶奶的荷包后,便拿到城里的超市去卖。没想到,几十个荷包转眼就卖完了。采购员便年年都来收买奶奶做的荷包。做来做去,奶奶一天做不了几个。手工活,一针一线,裁剪缝制,哪能快呢。奶奶就把小巧的荷包放大,再放大,粗针大线地一缝,再配上现成的塑料珠子和亮片,虽显得粗俗、笨拙,却也花花绿绿。这样的荷包,奶奶一天能做好多个。一天做好多,奶奶也不舍得送人。奶奶说,一个是一个的钱。

快端午了,绒线花开得正好,浅粉淡紫,丝丝缕缕的花瓣,细细绒绒的像小娥的心思。小娥瞅一眼头顶的绒线花,轻轻一吸,绒线花浓郁的香气就钻到了她的心上,在她的眼里心底噙噙地绕开了。小娥想起了采购员。采购员一来,就管小娥叫妹子,说奶奶做的荷包好卖,小娥妹子的荷包好看。还说,小娥妹子的荷包像小娥。

小娥听了就呵呵笑,脸红红的不敢抬眼。

采购员说,小娥,你做的荷包,我爱见哩。

采购员的一句"我爱见哩",小娥的心气倏地像绒线花一样盛开了。采购员说了好多话,小娥偏偏记住了这句。小娥不跟奶奶坐一起做荷包了,小娥要做采购员爱见的荷包。

坐在绒线树下,小娥做一个荷包,想他一下。

第二辑 胖伙计瘦伙计

小娥姐姐,你做的荷包真好看。邻居的春刚来耍。

春刚妈妈死了,爸爸在外打工。春刚妈妈活着时,每到端午,也来小娥家跟大家一起做荷包,做好了,东家送一个,西家送两个,春刚的胸前也花花绿绿拴挂一大把。可现在眼看着端午到了,春刚的胸前还是空荡荡的。

小娥的眼睛红了一下,指着树上的荷包,说,你喜欢哪个?姐姐给你。

春刚怯怯地指着一个小蜻蜓荷包和一个小蛇荷包。小娥正要给春刚取荷包时,采购员来了。一来就嚷嚷快点装货,车在外等着呢。看见小娥手上的荷包,连声说这个好,说,城里人就喜欢这个,当收藏品收藏呢。采购员从小娥手里抢过荷包,小心地放在小盒子里,一个盒子一个荷包。树枝上挂的荷包都装到了盒子。

小娥说,给春刚两个吧。

采购员不给,从奶奶手上抓过一个大大的荷包,说,这个给他。

小娥说,不行,我答应春刚了。

采购员说,小娃娃懂啥?戴个热闹。拿到城里,你的一个荷包比上奶奶的十个了。

小娥想说我做这些不是图了挣钱,是你说爱见。可小娥没说。看着采购员,小娥觉得自己的心一点一点冷着,沉着。倏地,她把自己做的荷包都抢了过来,说,这些不卖。

采购员不高兴地白了她一眼。

天擦黑儿时,小娥把她做得荷包串到筷子上,东家送两个,西家送一个。好多家大人都在外打工,孩子们看见小娥送的荷包,稀罕得不得了,整个巷子都是娃娃欢喜的笑声。

看,小娥姐姐给我的,小老虎荷包。

看,小娥姐姐给我的,红花串荷包。

坐在巷头的人都说,小娥心真好。

生命的储蓄罐

绒线树枝上就剩下两个荷包了,是小娥一早做的同心荷包。小娥看着小小红红的同心荷包,看出了两眼泡泪。

冬　至

冬至了。冬至要吃饺子。

一大早,老太太就开始剁肉馅。案板抵着炕窗墙下,哐哐哐,剁了一碗猪肉馅,一碗牛肉馅。老太太说,不要机器绞,媳妇子不爱吃,说是一股生铁味。想起老头子爱吃羊肉胡萝卜饺子,就问,忘了买羊肉了?

不等老头子说话,老太太又说,你心里就装着娃跟孙子,媳妇子爱吃牛肉馅饺子,你都没忘。

老头子给炉子里添一根硬柴,头也不抬,呵呵笑,好像你不是?一早的剁肉馅,胳膊疼也忘了。

老太太和好馅,一碗一碗的,都是儿子一家爱吃的。

炉里的火嘭嘭的,耀得老头子的脸紫红闪亮,瞅一眼老太太,说,你还说我?瞅你摆得那一样一样,不都是给娃一家子的?说着话,把鏊子上的花生搅得哗哗响。

老太太包好一箅子萝卜馅的,就给老头子叨叨,这是娃爱吃的。包好一箅子三鲜馅饺子,又对老头子叨叨,这是孙子爱吃的。嘱咐老头子别煮混了,搅到一起不知哪个是哪个了。

记住了,记住了。老头子翻烤着鏊上的花生,亮亮最爱吃这烤得花生红薯了,呵呵,那小子。

饺子包好了,三个箅子上,三种馅的饺子,一个模样,元宝形。冬至的饺子,羊凹岭人唤作"岁饺子",冬天到了,又是一年了,要长一岁了,元宝形的饺子除了祝福还是祝福。

眼看着晌午了,没有一个人回来。

老头子炕好的花生堆在炉台上,炉灰里的红薯也焐熟了,掏出,打打灰,轻轻一拨拉,外面黑的皮就啪啪掉了,露出焦黄的瓤。想着小孙子吃得直噎脖子,老头子不由笑了。

炉子上的锅也开了,咕嘟咕嘟,就等着儿子一家回来煮饺子。

要不,到小卖部给他们打个电话?老太太望望门口,小心的。

打嘛,你去打嘛。咋不能打?你想打就打,你娃,又不是外人。老头子把手凑在炉口上烤,不耐烦的。

老太太看看老头子,不知老头子为啥突然不高兴了,撩起门帘看看院子。院子青白冷寂,只有风掀着几片枯叶,唰啦啦,唰啦啦,乱滚。

老头子又说,冬至是祭天祭祖的日子,古社会,皇帝都要出了宫去祭祖祭天哩。你想打就打,城里离屋里没几步远,他们想回来,也不费事。老头子搓搓手,黑着脸,叨叨,有几个月没回来咧?时候不短了吧?

还是八月十五绕了一圈,没吃饭,点了个卯就跑得没影影了,说是要去谁家谁家送月饼哩。老太太坐在炕头,看炉里的火把老头子的脸耀得红亮,黑深的皱纹一道一道,刻下般,手也不由得摸了摸自己的脸。

老头子不去打电话。老太太也不去。他们都说再等等。

可他们都在想着电话,心里不知把电话拨了多少遍了。院里狗哼一下,他们竖起耳朵听,猫叫一声,他们又撩起门帘看看,担怕儿子一家回来了,饺子还没煮好。

日头都要歪了,冬天的日头,头一歪,就到了西山上。三个箅子上的

岁饺子还没煮,鼓鼓的元宝形也软塌了。

老太太裹了围巾,咚咚出去了。到巷头小卖部打电话去了。终还是忍不住。

回到屋里,老太太说,煮吧,咱先吃,娃说让咱先吃,有空就回来咧。

老太太没说,娃还说一个冬至,又不是过年,忙得顾不上。

煮好了饺子,老头子献了天地神,献了祖宗。老太太给狗扔两个,给猫扔两个,又给厦坡上扔了几个,给喜鹊麻雀吃的。老太太说,吃岁饺子了,冬至了。

吃着饺子,老太太问,好像盐放少了?

老头子说,可能是油少了。

老太太老头子都觉得饺子不香,寡淡淡的。

祭　　灶

臊子菜炒好了,豆腐海带萝卜丝,还放了一点肉,熬好的猪油,带着一点肉渣渣,砰的一下,屋子的缝缝眼眼都填满了香味。面也擀好了,加了苏打和盐,面条筋斗斗地挑筷子上忽悠忽悠都能打秋千。

儿子要吃面。小小的儿子缠着女人说饿了。

女人给儿子手上塞了一截麻花,搂着儿子哄,还没烧马送灶王爷,咋就吃呢?

儿子嘎嘣嘎嘣啃着麻花,马在哪儿?

女人指着灶台上灶王爷画像上的黄表纸,方方正正地贴在灶王爷的脸面上,还是去年年三十贴上去的。男人贴的。男人做这些活很认真也很用心。女人告诉儿子,那就是马。

儿子说,那是纸。

女人说,那是灶王爷的马。一烧,就变成了灶王爷的马。灶王爷骑着马,得儿得儿就上天了。

儿子盯了好一会儿黄纸,疑疑呆呆的,咋看那黄纸也不像马,又缠着女人要吃饭。

女人抱起儿子,在儿子的胳肢窝掏了一下,你这个小猪娃,你这个小猪娃。

儿子咯咯地虫子般拱,手一探一探地探进了女人的怀里。女人捏着儿子的鼻子,羞不羞?羞不羞?

女人听到邻居放炮声远远近近地响了。人家都开始送神了。

女人看看表,七点半了,天黑透了,平常都是六点半就到家啊。

女人抱起儿子,来到大门口,巷里一个人也没有,黑漆的风夹着腥湿和火药味吹得她一个寒噤,抱紧儿子,掩了门,旋风般回到屋里。

儿子瞅见面条,又嚷着要吃饭,哭丧丧的调子。

女人抱着儿子,看看表,听听门外,又哄儿子,二十三,灶王爷要点人头哩,点了宝儿家几口人,他才上天给宝儿说好话,保佑宝儿家哩。爸爸还没烧香送灶王爷,宝儿咋就吃饭?

女人打开电视,调了动画片,又给儿子手里塞了截麻花。女人坐不住,看看桌上的香烛、鞭炮,又用筷子划划案板上的面条。听着外面的鞭炮声,女人撩起门帘出去了。

下雪了。地上轻轻悄悄地铺了薄薄一层。

女人站在门口,看看巷子这头,又看看那头。巷里没有一个人。

生命的储蓄罐

女人转身回到屋里,坐在儿子旁边。电视一闪一闪,把女人的脸耀得明一下暗一下。

炉子上煮面的锅又开了,咕嘟咕嘟响。

女人给锅里添了一瓢凉水,竖起耳朵,门外还是死寂,没有脚步声。

儿子又缠磨女人要吃饭。女人一把推开儿子,嚷,嗓子长手了啊,吃吃吃,给你说了,等爸爸回来才能吃。

儿子扑通仰面倒在炕上,哇地哭开了。

女人心慌慌地不顾儿子,抓起电话。七个数字,女人手抖得拨了三遍,才拨通。

滴——滴——滴——

没人接。

女人脑子一片炫白,脑门上细密密地冒出一层汗。

女人再拨,还是没人接。再拨,还是没人接。

女人慢慢慢慢放下电话,柱在柜前,胶住了般,挪不动脚。心却在胸腔里扑腾扑腾乱撞。

儿子刺溜下了炕,光脚奔了过来,抱着女人的腿,哭喊了半天,女人凝住的眼珠子才活动开来,一把抱起儿子,走,找爸爸去。

女人给儿子穿上鞋袜,裹在斗篷里,也顾不上给自己穿上大衣围上围巾,抱起儿子就出了门。

电视没关。电灯没关。炉子上的锅又开了,咕嘟咕嘟,满屋子都是白白的雾气。

女人抱着儿子,用脚后跟磕了门,刚走到雪地里,院门吱扭开了。白亮的雪地里,一个白影子闪了进来。

男人回来了。

女人抱着儿子,当院雪地里就高一声低一声地嚷开了,二十三哩,灶王爷点人头哩……声音渐渐小下去时,嘤嘤的哭声又响起了。

男人拥着女人和儿子进了屋,呵呵笑,二十三哩,哭啥哩。矿上有点事,耽搁了一会儿……

女人放下儿子,抹了把脸,你还知道二十三啊,有事也不打电话来,让人吊着心。说着,就叫男人点香烧马送灶王。

男人给灶王爷前敬了香,小心地揭下灶王爷画像和黄表纸,跪在灶前,点着了画像和黄表纸,念:二十三日去,初一五更来。上天言好事,回宫降吉祥。

儿子说,灶王爷骑上马了吗?

女人说,灶王爷骑上马上天了,告诉玉皇大帝,宝儿家三口人,人人都好,来年还要都好。年年都要好。

儿子说,那可以吃饭了吗?

女人说,吃,吃二十三献灶王爷的面。转脸看儿子时,儿子已经睡着了。

男人啪地一巴掌打在睡着了的儿子屁股上,嘎嘎笑,起来,吃面了。

女人端着祭灶的面,脸上漾着笑,眼里却含着泪,泪水扑簌扑簌滴在碗里。

生命的储蓄罐

活 儿

儿子的任命书刚下来,准备去参加干部培训时,根爷接着儿子的电话,说要趁闰月,把活儿做了。"活儿"是羊凹岭对棺材的叫法。人死了,

得装在"活儿"里。羊凹岭讲究在闰月给老人做口活儿,说是给老人添寿增福。

儿子不同意,说爸你还没七老八十到做活儿的年纪吧?就是你百年后还怕我买不下好的?再说我在城里给你买了房子,一百多平米哩,眼看着就装修好了,你和我妈都到城里来住。

听着儿子的话,根爷脸上立马落下一层暗灰,电话里就吼开了,我哪儿也不去就住我这土院院小北厦安心,一砖一瓦都是我自己的,一个柴棒棒都是我自己的,踏踏哪个角角摸摸哪个边边,心里都安安然然坦坦荡荡的,谁也不敢说半句不是!根爷知道儿子现在别说买一套一百多平米的房子,就是买一栋楼也能买得起。当然也不是儿子能买得起,是儿子头上的帽子手里的圆坨坨买得起。

根爷撂下电话时,狠狠地也撂下一句话,给你老子做活儿,你不怕人骂就甭回来。

其实儿子说的也不是没有道理,根爷还不到必须要准备棺材的年龄,况且也不是病入膏肓奄奄一息,况且现在棺材铺光羊凹岭街上就有四五家,松木柏木的,想要什么有什么,想什么时候拉什么时候拉。

可谁也阻挡不了根爷做"活儿",根爷像中了邪撂下电话就跑到街上买木料去了。

儿子赶回来时,院里已堆了好几根粗大的木料。

根爷看着儿子急火火的模样,偷偷笑,本性没变,孺子可教。脸上却淡淡冷冷的,吩咐他割肉买酒请木匠。

儿子还没抬脚,屋里来了一屋子人。根爷认得,都是镇上和村里的头头脑脑。那些人一来,就问啥时候动工请了哪个木匠要雕刻多少花?你一句他一句,人人脸上都是软软柔柔的像刨花般好看。说着话,就从包里掏东西,烟酒堆了一桌子了,还在掏。

根爷把儿子拉到一边,悄悄地,给你老子做个活儿是你当娃的本分,你唤这么多人,不怕人笑?

好说歹说儿子把那些人哄走了,木匠也进了门。

儿子踢一脚木料,嫌不够粗嫌疤痕多,要重买。根爷不让。根爷说,你忘了你老爷爷装的啥活儿了?一张破席子一裹就埋了。你爷呢?条件好了些,也不过是一个松木薄板。我就记得你爷抚着那松木薄板说,人都有一死哩,活着安心,不做亏心事,死了,也落个安然,不要让人戳着坟头骂。再好的活儿,我娃你说,松木也好柏木也好,还不是三尺宽六尺长个木盒盒?活着时能对得起头顶的日头地里的祖先手上的饭碗比啥都强。

根爷的话如铁钉般坚硬又锋利地飞向儿子。儿子觉得爸的话里有话,抬眼看根爷时,果然看出了爸眼里有一些跟做活儿没关系的东西。

木匠解板、刨光、合缝,不停歇地做了五天,刨花开了一院木香漾了半巷,根爷的活儿做成了。一口平常的棺材,没有雕花刻鸟,也没有加檐子底座。

五天里,根爷把大门锁了,人把门拍得雷响也不开门,也不让儿子出门。单位有事,儿子就在电话上安排。羊凹岭的风俗,县里的领导同事都清楚,没有人怪罪根爷儿子。

根爷抚着棺材叫儿子进去。还是羊凹岭的风俗,老人的棺材做好了,子女要躺进去暖暖棺材,给老人祈福,帮老人祛邪,求得老人长寿。根爷说,虽是些老讲究,我觉得还是有些个说道的。不是古话说的"不见棺材不落泪"吗?现在的人见了棺材都不落泪哩。你进去,躺一躺,看看有个啥感觉不?

儿子进去了。儿子刚躺到棺材里,根爷就把盖子盖上了。黑洞洞的棺材里儿子急得爸、爸地叫唤,唤着唤着就默了声。根爷老伴急得骂根娃憋了?看憋坏了娃。根爷点了根烟,悠悠地咂着,留着缝哩,哪能憋坏了娃。

生命的储蓄罐

儿子从棺材里爬出来时,给爸要了旱烟包,卷来卷去卷不成。根爷嘎嘎笑着卷了跟粗大的旱烟,递给娃。

儿子猛地吸了口,缓缓地吐出来一团白雾,不看根爷,盯着棺材说,躺在棺材里,爸,三尺不到的棺材里,我一下就明白我是哪个晓得你急急慌慌做活儿的心思了。

根爷说,那城里的房子呢?

儿子说,你放心吧,爸,从哪儿来再让它到哪儿去。

儿子又说,爸,公家的培训班还没上你先培训上了。

根爷拍着他的活儿,人活一世,不管干多大的事,都要图个躺这里头时踏实。

写 对 子

爸揉着肩膀说,今年的对子,你给大伙写吧。大学生哩。

羊凹岭的人把"对联"叫"对子"。

我刚从村里开完会回来,羊凹岭把全村的大学生召集到一起开新年茶话会。村不大,大学生也不多,八个。吃了瓜子,喝了茶,又不知天高地厚地大话了一通大学生如何报效家乡之类的话,人虽回到了家里,心还在一鼓一鼓地鼓荡着,兴奋着。听父亲说写对子,就说,那有啥啊?我写就我写。

柜子上已经放了好多的红纸,都是邻居送的。门口贴的大对子,屋墙上贴的小条子,门上贴的斗副大的字,都是父亲写。不知写了多少年了。印象中,每年刚过了腊月二十三,就有人送来红纸。过了腊月二十五,到年跟前了,家里的活多的绣疙瘩,父亲却什么都不干了,从早到黑,坐在炕桌前写对子。母亲一会儿唤我扫院子,一会儿叫弟弟拉风箱,她两手浸在面盆里,要蒸过年的花馍,还要洗萝卜剁肉馅包饺子,就是不催父亲一下。

写对子,就是父亲年前的活。

父亲盘腿坐在炕桌前,一会儿抓大笔,一会儿握小笔。大笔是写院门上大对子的,小笔是写小条子的,屋墙上的"身体健康""福如东海",三分宽的小条子,要用小笔写。墨已经研好了,纸也裁好了。不用父亲动手,这些,有人做。父亲开始写对子,桌前炕下就围了人,大人、孩子,都有。看写字,也有等着拿对子的。父亲坐在炕桌前,把一支毛笔在砚盒里舔了又舔,不说话,看笔。提起笔,顿一下,运气似的,才按下笔,唰唰唰,唰唰唰,四个字的小条子,七个字的大对子,就写好了。写好,还是不说话,提着笔,让人展着对子看,摇头,不满意的样子。没见过父亲点头,对自己的字。周围看的人却点一下头,再点一下,说,满羊凹岭,就叔写得好。

裁纸,研墨,润笔。

父亲让我在自家的对子上写,别把邻居的对子写坏了,又得花钱买纸。我心里一鼓一鼓的,不服气。可刚把毛笔按在纸上,手就开始抖,一抖一抖地按不住。七个字,写得很艰苦,出了一身白毛汗。

唰唰唰,父亲坐在炕桌前,也写了一副。同样的字。

父亲把两副对子摆在一起,让我看。

我说都一样,都是一个是一个。嘴硬。

一个还能成两个了?父亲笑得笔上的墨都甩到了桌上。

父亲的字还是硬朗,遒劲,起承转合,自然而然,我在心里说,嘴却硬,贴墙上谁看呢?一场风一场雨,就烂得看不清眉眼了。

海海来了。海海不识字。他家的对子年年都是叫我帮忙贴。

父亲让海海看哪副好。

海海搓着一双糙手,呵呵地笑,端详了半天,说,这副好。

他指的是父亲写的对子。他说,这上头的字瞅着稳当、结实。

我的脸涨得像谁捏住了脖子。

海海拿着他的对子走了,是父亲给他写的。他说,叔写得对子好,看上去稳当、结实。

还是这句话。

父亲说,不要小看羊凹岭的人,人粗,心眼亮着哩。又说,写字,要用心,手到,心就要到。

初一早上,巷里人都来给父亲拜年。每年都是。本家的、旁姓的,都来,很热闹。与父亲同辈的叔伯,老胳膊硬腿的,跪在我家祖宗牌位前,说是给祖宗磕个头。父亲不让,早都跪下了,说一年就一次。晚辈来了,也是先给祖宗磕完头,又给父亲磕,给母亲磕。

母亲高兴,父亲也高兴,忙着递烟端茶,抓一把花生一把红枣,塞到娃娃的口袋。

我的大学还没毕业,母亲病逝。寒假回家,家里清锅冷灶,我的心情也清冷伤感,看着父亲满脸黑深的皱纹,我想父亲再不会给邻居写对子了。可是,刚过二十三,父亲到巷里碰到邻居,就叮嘱,今年早点把红纸送来,他妈不在了,写完了,还要准备年饭哩。家里又像往年一样,人来人往,说笑不断。年跟前时,巷里的婶子嫂子也来了,她们不往对子上凑热闹,她们一来,就帮我揉面蒸花馍、煮肉包饺子。年三十祭神祭祖的鞭炮,我家是巷里第一个燃放的。因为我家的饭菜早早就准备好了。

父亲叹口气,说,看邻居对咱多好,就帮人写个对子。揉揉肩膀,又说,啥时候你能给人写了对子? 我也好歇歇。

伴 儿

天将亮,爷就起来了,轻手轻脚,怕扰了亮亮。可爷还没趿上鞋,亮亮就砰地睁开了眼睛,爷、爷地唤着,光溜溜坐在被窝。看着亮亮的眼睛,爷问,这眼窝是油布擦的还是胶布擦的? 亮亮咯咯笑,油布擦的。爷说,亮亮的眼窝是油布擦的,三根娃的眼窝常吊个糊糊,胶布擦的。

爷让亮亮再睡一会儿,亮亮不睡,扯来衣服自己往身上套。待爷生了炉子,亮亮也长一片短一片地穿好了,通地柱在爷眼前,拿眼瞅爷,等爷夸。爷瞅一瞅亮亮,就笑得嘎嘎的。爷笑,亮亮也笑。亮亮笑着,就一拱一拱虫子般拱到了爷的怀里,念,馍花花,菜渣渣,坐下来,穿袜袜。爷教亮亮念的。爷把这些儿歌叫"瓜句",教亮亮念了好多。

妈妈不让亮亮说那些瓜句,说难听,从城里捎回一摞书,叫爷照着书上的儿歌教亮亮。亮亮还没半岁,他妈就丢下亮亮进城打工去了。他妈说,挣好多钱,把亮亮带到城里,让亮亮当城市娃。

爷不看那些书。爷说瓜句有啥不好的。爷教亮亮"你说一,我对一",教亮亮"花喜鹊,叫喳喳"……没事了,爷和亮亮坐在院子,说瓜句,玩拍手,说一句,拍一下手,爷孙俩的左手右手交叉着拍,你拍他他拍你,玩

得热气腾腾。邻居瞅见,就呵呵笑,瞅这爷孙俩。

爷跟亮亮一起念着"馍花花",到了院子。爷有一个大大的院子。院里有一棵苹果树,好多年了,花儿开得疏疏落落,果子也结得稀稀单单。爷说果子树太单了,独一棵,没心劲结果子。爷看着果子树说,清明时,再栽一棵,一对对,有个伴。爷说苹果树时,看一眼亮亮,说爷还有亮亮做伴呢,果子树都没个伴。亮亮就咯咯笑的得意。

吃了早饭,爷和亮亮去地里拔草。爷在前面走,亮亮后面跟着。爷的手背在后,亮亮也把一双嫩白淡粉的手背在后。爷走得嗒嗒的,亮亮也走得嗒嗒的。路上的人看见了,都哈哈地笑。爷扭头看亮亮一眼,也笑得嘎嘎的。亮亮也笑得嘎嘎的。忽一下,亮亮看见蝴蝶鸟雀了,就伸开双手,跑到前面去追蝴蝶鸟雀。

爷在麦行里拔草,亮亮追完了蝴蝶,也到麦行里拔草,拔出一把麦苗给爷看。爷嘎嘎笑得紫红亮闪,问亮亮手上的是草?亮亮扑闪了一下眼,正经八百地说,不是。爷说,不是你拔那?亮亮说,韭菜。爷听亮亮说麦苗是韭菜,又嘎嘎笑了一阵。亮亮也乐得蹦高高,又跑去摘花了。蒲公英打碗碗花苦豆花,摘了一大把,别在扣眼里,手里还有一把,就要给爷插。爷坐在土垄上,眯着眼睛,让亮亮插。亮亮给爷的扣眼插满了,衣服口袋也插满了,剩下的别到爷的耳朵上,一边耳朵一朵黄的苦豆花,一边耳朵一朵粉的打碗碗花。亮亮看着爷耳朵上的花,笑得躺倒在麦地里了。爷摸着耳朵上的花,也不摘,看着亮亮,这小捣蛋包呀这小捣蛋包呀。爷一笑,两朵花也跟着窣窣窣地抖起来了。亮亮看见,又笑得在麦地打滚。路上的人看见了,也笑,瞅这爷孙俩。

爷张着豁牙嘴,呵呵地笑,伸手在亮亮头上啷地弹一下。爷弹亮亮时,总是先把食指拇指放嘴里哈哈的,给手指充气般。亮亮一看爷给手指吹起,早把头伸给了爷。爷弹完,也把头伸向亮亮。亮亮把食指拇指也放嘴里,哈哈地吹,啷,爷头上细碎的声响。爷做张做势地揉着头,龇牙咧嘴地哦哦叫唤,疼,真疼。

　　清明时,爷和亮亮给院里栽了一棵苹果树,爷使大铁锨翻土,亮亮使手掌大的小炭锨翻土。爷翻开西瓜大一块土,亮亮翻开苹果大一块土。爷种瓜点豆,亮亮在后面撮土添窝。

　　清明过后,妈妈接亮亮到城里上学去了。

　　苹果树开花了,两棵比赛似的繁。豆苗西瓜苗冒着浅黄嫩绿,长得疯快。爷给菜园子浇水,念着"馍花花,菜渣渣"。爷到地里锄地,念着"花喜鹊,叫喳喳"……太阳把爷的影子拉得孤单单的细溜溜长。

生命的储蓄罐

第三辑

明天是个好天气

写　家

群群是羊凹岭村的名人,是羊凹岭村的"写家"。

群群得这一绰号是他爸逼出的。

那天,巷里的骡子爸死了,编对子写对子的永子病了,骡子门口的白对子贴不上去,站了一院子的人都着急。群群爸想起了群群,说群群成天的在家舞文弄墨的,让他来写吧。人们一听,就迟迟疑疑地说,群群行吗?这可是见人的东西,群群行吗?骡子着急地搓着手,说,行行行,有啥不行的,就是个样子嘛。转脸就央求群群爸唤群群来。

群群在洗煤厂干活,地里的活他从来不过问,全是他爸的事。他下班回来,就钻在屋里看书写字。巷里人都瞧不起他,说他一个庄稼户,还鼻子上插葱,学人家城里人看书装洋相哩。气得他爸也常跳脚斥骂,骂他看书有啥用,能写出个啥样来?还不是白耗两度电白花两毛钱啊。其实,当写不出一个字却又非要不停地写下去时,群群也困惑,也想着这样写到底是为啥?想来想去也想不出个结果,心情就像立秋后院里的南瓜蔓一样,委顿一地撑不起来。群群就恨恨地揪下纸,揉捏成一团,攥在手心,下死力地握。握着握着,就握出了两眼泡泪水,落寞寞地流了两行。可群群还是不甘心,那阵子过去了,他又开始写。高中毕业的群群喜欢读书写作。

046

群群爸三脚两步地回到家,找见群群就说,你先把手里的笔搁下,骡子爸死了,要写对子,你成天的写写写,能写个对子吗?

群群放下书,嘴角一撇,那有啥写得了写不了,写不好还写不赖啊。

那是见人的东西哩,贴在门上,人来人往的都能瞅得着。群群爸白了群群一眼说,你可不能小看了哪,也别小看了羊凹岭的人,人粗,眼贼着哩。

群群本不想去,听爸这么说,就撂下书,那正好啊,让羊凹岭的人瞅瞅我群群这两把刷子到底行不行,配不配写对子。群群没想到他这么一去,得了个"写家"的称号。

羊凹岭说丧事是白事,白事的对联也跟喜事的对联一样,一个门框上一副,大门是大门的对联,小门是小门的对联。羊凹岭的人喜欢的是这些对联的明确性和针对性。以前的对联都是永子编写的,人们说永子编的对子东家是这样样,西家也是这样样,换汤不换药的成了老套路。群群深谙村人的喜好,一到骡子家,先不急着铺排笔墨纸砚,他坐在炕头,想骡子爸一辈子本分庄稼户,不愿意跟二娃到城里住,对联就在心里有了大概。没一根烟的工夫,群群铺开纸,拿起笔,蘸好墨,写了起来。

大门上写了:历几番风雨是非本本分分度日月,管许多短长闲话自自在在游西天。

小门上写的是:手扶棺木哭父恩,风起河水痛不幸。(骡子的大名叫"管河")

一边站着的人看着念着,还没念完,早有人叫好开了,好啊,没想到咱群群这字写得好,对子编得也好。

群群写完对联,又编写了讣告。虽说讣告有固定格式,是唱赞歌的,可群群写的讣告一贴出去,人读一遍就读出了满眼满眶的泪水。

自此,羊凹岭谁家有事,不管是红事还是白事,都要先唤来群群这个"写家"。前来帮忙的有很多人,端盘子洗碗的要人,端茶倒水的也要人,可是群群一来,就让主人拽到了炕上,给群群递烟倒水,帮忙的人还没吃上酒席,群群跟前先摆开了一桌,把群群招待得跟客人一样。有人眼红地说,咱要有人家群群那本事,也叫人往炕上请。

群群也不愧是羊凹岭的写家,经他写的对联,不管白事红事,往门口一贴,人们扎着脑袋挤着看,你读一遍他读一遍,赞叹声像羊凹岭的风一样呼呼地绕在人们的口齿间。家里有上学娃娃的,大人指着对联说,看看,这是你群群叔写的,你要好好学习,像你叔一样有出息。

群群爸乘机在街上开了个"红白喜事用品店",店的生意很红火,因为人们要请群群写对子,就不好意思不买群群店里的东西,反正到哪买都是一样地掏钱,何况群群是免费给人编对子写对子,何况群群编的写的人都爱看,看了都说好呢。

没事时,群群还是埋在书里,但多看的是有关书法和民俗方面的书。有时也写点别的,写好了,不像从前收了起来。群群买了电脑。群群有自己的网络空间自己的博客。群群把他的文字都贴到网上去了。他爸看见了,也不说他不务正业不嫌他耗电费钱了,倒欢喜他能写会说,对群群说看人把你敬的。群群头抵在书上,说爸你糊涂了,羊凹岭人不是敬我哩,是和我一样,敬这些字哩。

这样说时,群群的心里明晃晃得像挂了一轮月,觉得眼下的日子多好啊,没有比眼下的日子更好的了。

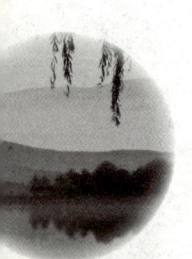

生命的储蓄罐

胡　胡

　　胡胡叫张创业,拉上二胡后,人都"胡胡""胡胡"地唤他。羊凹岭人把二胡叫胡胡,拉二胡说的是拉胡胡。

　　胡胡还叫张创业时,摸都没摸过二胡一下。张创业小时患了小儿麻痹,左腿落下了病,一走路,左腿甩得跟皮条子一样前后乱跑。张创业凑凑合合上完了小学,他爸就把一个钉鞋撑子嗵地扔在他的脚下,愤愤又无奈地叹着气,这还指望你啥啊?

　　创业的钉鞋摊子一边是羊凹岭的戏园子,隔着一条街,就是羊凹岭村的小学校。春夏秋冬,一年四季,羊凹岭的街上都能看见他。刮风下雨天,他也摆摊,摊子摆在戏园子门口的商店里。有人来修鞋,创业抱着鞋子叮叮当当地裁剪、粘胶、捶打,三下两下,该订的该缝的就好了。没有活,胡胡靠在玩牌的人堆边上看。胡胡不玩,一毛钱的筹码胡胡也不舍得玩。

　　可是有一天,胡胡突然花了六百五买了把二胡,说要学拉胡胡。这都是因为张建设的一句话。张建设是羊凹岭小学的音乐老师,就会拉二胡。上音乐课,用二胡伴奏;排演节目,也是他的一把二胡,吱吱扭扭地拉。平日里,人们若要他拉两下听听,建设子撇着嘴,拉啥哩拉,忙着哩。

　　那天,建设子提着二胡找创业来修鞋,创业叮叮当当地给建设子修好鞋,把鞋递给建设子的时候,说把你的胡胡我拉一下。建设子穿着鞋,眉眼抬也不抬的,嘴里嗤嗤地吐着气,乜斜着眼说,这也是你能拉得了的?

创业缩回手,翻建设一个白眼又一个白眼,锤子当当地砸在铁撑子上,槽牙咬得嘎嘎响,你小看人,你建设子会拉胡胡就小看人。创业说着话,觉得心里一股热乎乎的东西往上涌,他使劲咬住眼泪,不服气地看着张建设。

创业扔下摊子跑到城里买了把二胡,又买了一大堆的有关二胡的书籍和光盘。创业知道,拉二胡得有人指点,不像修鞋,有一把力谁都能修得了。羊凹岭没人教创业,他跟着书和光盘学。他爸看他花钱,气得指指二胡指指他,抱了多少臭鞋才挣那点儿钱啊,买这一堆没用的。

创业气哼哼地说,我是要看看,我腿坏了,是不是手也坏了脑子也坏了?

他爸一听创业的话,扁扁嘴,一句话也不说了,黑着脸,哎哎地叹息。

从此,创业甩着腿一晃一晃地摆摊时,背上总背着二胡。有人来修鞋补鞋,创业不说一句闲话,抱起鞋,埋头叮叮当当地给人修好。没人了,他就支起二胡,把书翻摊在钉鞋撑子上,吱扭,吱扭吱扭。一边看书,一边自己琢磨着拉。创业不问建设弦怎么调弓子怎么运,创业说,书里说得清清楚楚的,问他干啥。人都知道,创业是担心建设不教他,还要耻笑。

创业白天摆摊看书,晚上回到家胡乱吃一口,就放光盘看,一遍一遍地盯着电视反复看,没看明白的,他就倒回去看,放慢动作看。从抓弓握弦,到肘腕的高低、行进的速度……他都要一点一点认真琢磨,看一节,拉一节。拉会一节了,再看下面的。本来已经坐了一天,腰腿就不舒服,这样的还要在电视前坐几个小时,他的腿更疼了。没有几天,手腕也疼了,胳膊也疼了。可他没有停下来,跪着拉一会,又坐着或者站着拉一会,眼睛一刻不离地看着电视,吱扭,吱扭,吱吱扭扭。他爸气得骂他是杀鸡,说跟人制那气干啥啊,顶了吃还是顶了喝。创业不理会,还是一有时间就看书看光盘,吱扭吱扭地拉二胡。

日子扯着人,从春走到秋,又从秋走到了冬,不到一年的时间,张创业的杀鸡调拉成了要饭调,要饭调渐渐地拉成了大家喜欢听的调调了,人们再唤张创业时都"胡胡""胡胡"地叫得欢,说创业可要比建设子拉得好,是羊凹岭的一把胡。人们没事到戏园子门口闲坐时,就唤创业拉一段听。创业推开手里的活,拍拍手,笑得嘎嘎的,拉一段"赛马",拉一段"二泉映月",人们静静地听着,一曲终了,都把手拍得雷响,好像看了一场大戏般快活。年轻人来了唱歌,张创业给他们伴奏;岁数大的要唱蒲剧唱眉户,创业拉开弓子,一把二胡吱扭,吱扭,吱吱扭扭地唱开了。

张创业拉着二胡,听着手下的曲调如月光似流水,叮叮当当、潺潺缓缓地流淌,心里欢快地想这二胡真是不错啊,难怪人家建设子不舍得让摸一下。

四个兜制服

五叔一觉醒来下不了炕,保健站的大夫看了看,摇摇头,悄悄地嘱咐五婶准备后事。五婶顾不上抹眼泪,赶着做寿衣,可是,做了半截的寿衣,蓝的黑的绸子缎子扯了一大堆,五叔却哼着挡住不让做。昏迷的五叔扯着肩上的褂子,白眼翻着五婶,悠着一丝的气力说,做这样的。

五叔肩上是件四个兜的制服,是多年前在城里工作的二叔给的。说是给,其实是二叔看五叔喜欢,穿在身上,左瞅右瞅不舍得脱下,一会儿又披在肩上,走得通通的,给二叔看,笑模样样地问二叔,哥,你瞅,穿上这四个兜,我像文化人不?

从此,那件四个兜的制服就没有离开过五叔。赶集时披着,去地里干活时也披着。天热了,五叔穿着五婶做的粗布背褡,四个兜就搭在肩头;下雪了,四个兜的制服在肩上披不住,风一吹,忽悠就掉了。五叔把四个兜套在老黑棉袄上。四个兜的制服窄小,扣子扣不上,五叔就敞着怀,走得荡荡的。四个兜有时挑在玉米棵上,有时挂在北厦门口,来来往往的人见了,就说,老五在哩。

谁也不知道在多少个黄昏和清早,五叔披着四个兜的制服走在洒满霞辉的巷里,或者蚰蜒般的田间小路上时,看着让落日或者朝霞涂抹得上了釉般光彩夺目的四个兜,五叔的心是怎样的激荡,一条走了多少年的土坷垃路,也让他走得荡荡的充满了豪气,走出了非凡的气象,也走出了属于五叔的翩翩风度。人们都说,老五穿了四个兜,就是不一样了。

五叔确实跟以前不一样了。说话不像以前吹胡子瞪眼咋咋呼呼地吼叫了,就是吐痰也不像以前张口就来。五叔把痰吐在粪堆或是茅房,要是眼面前没有粪堆,五叔就硬憋着自己。让村人稀奇的是穿上四个兜制服的五叔真做起了文化人。五叔说,咱不能穿了文化人的四个兜,一点文化都没有。五叔赶集回来买了笔墨纸砚,五叔要学字写字。五婶不乐意,嫌花钱。一张纸的钱能买两盒火柴能秤半斤盐。五叔也不舍得花钱,狠心戒了烟,烟瘾来了,就揉一把大麻叶子抽。五叔有了空闲就支开小方桌,一个大字一个大字地写。五叔上过扫盲班,能写几个字。可五叔不满足,逮着人就要问字。没事就要趴在桌子上写俩字。站在地里握着锨把锄把空闲了也要在地上画几下。五婶说你舞弄啥啊?五叔说,你不懂,讲话的人是话不离嘴,写字的人是笔不离手。五叔不管五婶咋笑话,抖抖肩上的四个兜,一把铁锨在地上画得龙飞凤舞、尘土飞扬。

写来写去,五叔还真学了好多字,后来,让大家没想到的是五叔的毛

生命的储蓄罐

笔字写到了村人的红白喜事以及过年的对联上了。五叔一摆开架势写字,先要把四个兜的制服在肩上抖了又抖,低头弯腰握笔,唰唰唰,大字是大字的样,小字是小字的样。人们都说五叔的字横竖看都跟那四个兜的制服一样,文化得很。

五婶却不那么看。五婶说五叔装洋相瞎抖擞,穿个四个兜就以为是文化人,闲的没事写啥字哩,贴了工夫还贴了钱。五叔不跟五婶计较,抖抖肩上的四个兜,笑得很文化。

以前那些事五婶虽然觉得五叔荒唐,过去了,也不计较了,现在要做寿衣,可不能再由着五叔了。五叔迷瞪着眼,念叨,把那一堆的绸子缎子都退了,我一辈子就这么一个心思,就想穿一件新新的我自己的四个兜。

媳妇女子听五叔说的心酸,抹着泪说,爸你别急,我们给你做一件新的。

五叔点点头,又昏迷了过去。

新四个兜制服还没做好,五叔死了。五叔成殓时,里里外外穿的都是绸子缎子做的寿衣。五婶说,把那件旧的四个兜给他贴身穿吧,他心念哩。

戏　家

因为看戏,二叔和二婶又打架了。

羊凹岭唱戏,二婶这个"戏家"肯定要到场。二婶不是戏剧演员,得这绰号是因为二婶好看戏。四村八乡的哪里有戏,哪里就有二婶。经常挂在二婶嘴边的一句话是:一天要是不看戏,日子蔫蔫没意思。一天要是看场戏,浑身就有使不完的劲。

看戏也不是什么不好的事,可二婶看戏丢过凳子椅子不说,有一次把娃给丢到半道上,她自己自顾自兴奋地跟人说戏,回到家,二叔问二婶娃呢?二婶揣揣怀里包裹娃的棉褥子,眼睛瞪了,摔了褥子,扭头倏地就往戏园子跑。还没跑到戏园子,就听到娃嗷嗷地哭号。原来,二婶顾了跟人说戏,睡着的娃娃从褥子出溜掉到地上,她都没发现。幸好看戏的人多,后面的人抱起了娃,坐在路边等人来领。回到家,二叔看二婶把娃放到了被窝,扯过二婶的肩膀就是一拳。二叔恨恨地骂,叫你一天看戏叫你一天看戏。二婶抱着头,不吭气,任凭二叔打。

二叔想着二婶挨了打,咋说也该收敛收敛,谁知戏家二婶不愧为戏家,哪里有戏还是紧赶慢赶地要去看戏,手里不管什么活,撂下就跑了。二婶说,屋里的活还有个尽头啊,放到明天还能干,可今天的戏不看今天就再没戏了,今天的戏看不上今天还有啥味道。二叔没法子,气急了,也就是把二婶打一顿。二婶说,爱打你就打吧,戏我还是要看。

不过,为了看戏,二婶也尽量地把屋里安排妥当,把该干的活都尽量地赶着干。可是,偏偏的,昨晚戏园子唱戏二婶事先一点也不知道,等听见了咚咚锵锵的锣鼓声,二婶刚把一锅馍馍上了炉灶蒸。馍馍蒸不熟,跟前就离不了人。戏园子离二婶家不远,砰砰嚓嚓的锣鼓声一遍一遍响,一声声都敲在了二婶的心尖上。二婶心急火燎地把风箱拉得呼哧呼哧飞快。戏开演了,小旦的唱腔咿呀呀传了过来,二婶的馍馍还没蒸熟。二婶给炉子添了好多的炭,把火烧得旺旺的,唤大小子过来,二婶从兜里摸出五毛钱,塞给大嘎子,要大嘎子扇火。

二婶说,大嘎子,你是妈的亲娃,你扇火,妈瞄一眼就回来。

说着话,二婶就把大嘎子蹴到风箱前脚下生了风般跑去看戏了。

第三辑 明天是个好天气

二婶刚到戏园子,大嘎子也跟着来了。二婶眼睛盯着台上的戏,头也不回一下地问,火大吗?大嘎子吱吱地舔着棒棒糖,说,可大了。一会儿,二婶又想起炉子上的馍馍,又问大嘎子,你回去看看,看锅盖上的馍馍气(蒸汽)大不大。大嘎子回去看了一下,给二婶说,大着哩。二婶看着戏,心里到底还是不踏实,看大嘎子还在身边,又叫他回去看馍馍气大不大。大嘎子转眼就跑了过来,说,馍馍气可大哩。看完戏,二婶想起炉子上蒸的馍,不敢跟人说戏了,三脚两步地跑回家一看,炉子上的火倒是还旺旺的,锅上的馍馍气也确实挺大,呼呼地淌。只是笼屉上没有放锅盖!原来是二婶着急,忘记盖锅盖了。一锅馍馍趴在笼子上,没蒸熟,都给喂了猪。早上,二叔知道后,揪起二婶就打开了。二婶心里也有气,也撕扯着二叔。

两人从屋里打到院子,揪打着,撕挠着,噼里啪啦的,都是一副要把对方打死的样子。二婶家的大门从里面关上了,巷里的人把门拍得啪啪响,喊劝着他们不要打了,把门打开。二叔二婶都不理会,二叔揪着二婶的肩膀,呼呼地喘气,嚷嚷,叫你看戏叫你看戏。嚷着,拳头就粘到了二婶的胸上背上头上,嗵嗵响。二婶也不示弱,跳着脚挠二叔的脸,气狠狠地骂,我就看我就看,打不死我还看。

二叔看二婶不服软,气得丢下手,恨恨地,你就死到戏园子吧。开了门,气呼呼地走了。

巷里的人拥了进来,找看二婶时,二婶已经洗了手脸在和面准备蒸馍。人们惊讶地问她没打疼啊,还蒸馍。二婶讪讪地笑着,咋不疼?顾不上了,晚上还有一场戏哩。听着二婶的话,满屋子的人都笑得哈哈的,骂她真不愧是戏家,说不怕老二再打你啊。二婶和着面,也咯咯地笑,他爱打就打吧。一看戏,我就觉得快活,什么烦心事都没有了。人们笑着二婶感叹,你可真是宁肯多挨几顿打,不能耽误看《挂画》(蒲剧名段)。二婶听了,笑得手上的面嗖嗖嗖嗖抖落了一地。

赖　家

掌柜的,拿俩饼子。狗娃啪地坐在凳子上,高声大嗓门地嚷。

掌柜的把两个热乎的饼子递给狗娃,狗娃抓着饼子左右上下地瞪着眼看,看得站在一边的掌柜心里直发毛,小心地赔着笑,弓着背问,这饼子,有问题?

狗娃的眼睛从饼子上离开,笑呵呵地看着掌柜的,没啥没啥。用饼子换碗面条吧,行不?掌柜的一听饼子没事,连声说行行行。

一会儿工夫,一碗鸡蛋炒面香喷喷地端到了狗娃手里。狗娃呼噜呼噜吃完面,放下碗,抬屁股就要走。掌柜的着急忙活地追着喊,狗娃,你还没付钱哩。狗娃抹着嘴,扭过头脚却没停下来,边走边问,我付你啥钱啊?掌柜的脸色不好了,追着狗娃嚷,你开啥玩笑啊,吃面不掏钱?狗娃三步两步已经走到了门口,一脚踏在门外,一脚踩在门里,笑嘻嘻地说,咋还有面条钱啊?面条不是拿饼子换的吗?看掌柜的傻愣着,嘿嘿一笑,就扬长而去了。

从此,人们见了狗娃,都唤他"赖家"。狗娃也不管你怎么喊,遇到能耍赖占便宜的事,还是一次也不放过,倒也不愧"赖家"的称号。

"赖家"狗娃靠着玩赖泼皮竟然发了家,盖了三间大北房,一个大院子,砖墙铁门,在羊凹岭村也算气派。狗娃坐在宽敞豁亮的北房里,心里

生命的储蓄罐

那个美呀,眼眉梢上都溢流着欢喜。可当他看到空荡荡的祖宗排位前没有父亲一张相片,有点儿不快了。狗娃是想着把祖宗排位给立起来,逢年过节祭祀一番,也好让旁人看着自己富了不忘本,落个好话。可让狗娃犯愁的是,父亲死得早,大小相片没留下一张。可巧那天,巷里来了个讨饭的老头。要是从前,要饭的到狗娃门前,手还没伸出,狗娃就大声呵斥着叫走开随手就会咣当关了门,一口凉水也不舍得给人喝。也就凑巧,这天狗娃抬眼瞅了要饭的老头一眼,只一眼就把老头领回去了。原来狗娃觉得老头像他爸。狗娃让老头洗了脸,横看竖看觉得老头的眉眉眼眼跟他爸真的是太像了。狗娃看准了,乐呵呵地叫媳妇给老头端来一碗稀米汤。请来画师,要画师照着老头给他父亲画像。

画师画了三天,看狗娃给老头喝了三天能照见影子的稀汤寡水。画师不吃饭,挣得是工钱。画师心里气愤的是狗娃把老头当他爸画像,却不把老头当他爸招待。画师有意想帮老头,画到最后,趁狗娃不在时,悄悄地对老头说,像要画好了,狗娃不是善人,你得有自个儿的想法。老头皱巴着脸可怜地说,你说我该有啥想法?画师举着画笔,头也不抬地说,你想咋办就咋办,我有两只眼,只看我的画,别的我都看不见。

当晚,老头卷了狗娃一床铺盖跑了。一早起来,画师拿着画像找狗娃算工钱。狗娃正站在院子骂那要饭的老头。看画师拿来了画像,狗娃的生气正没处撒,气呼呼地戳着画像就骂,你真不是个东西,我好吃好喝地待你,你卷走我一副铺盖跑了。你这副德性还咋当我爹哩。

狗娃骂完,不解气,对画师说,我不要这个了,你照着我的样子画一张,我跟我爸一个样。你画老面些就行。

画师指着画说,那这幅画钱呢?

狗娃瞪着眼睛,咳咳地干笑,就是换一张嘛。

画师摆摆手,一字一句地说,这可不是饼子换面条哦。一张是一张的钱。清了这张,咱再说。

狗娃没招了,又不愿多花钱,只好付了钱,接过画师手上的画像,把画像端端正正地贴在祖宗排位前。逢年过节了,狗娃就给画像前供了供品,就带着一家老小给画像中的人磕头。不过,看着画像上的"父亲",狗娃就想起老头卷走的铺盖。气呼呼的狗娃总是想,自己赖了人一辈子,没想到到头来让一个要饭的给赖了。气归气,脸面上还得恭恭敬敬地给画像磕头。

红薯疙瘩

滩地红薯地上百亩,家家户户各一亩。大家都种红薯。沙地的红薯好吃,干、甜、面。可是,只有疙瘩家的红薯最好吃。人们纳闷,这日怪哩,一个日头下,一块地里,一样的苗苗,长出来的红薯咋就没有人家疙瘩家的好吃呢?

有人问疙瘩使了啥手脚。疙瘩笑得嘎嘎的,你个笨熊不知道吗?我天天晚上给红薯磕头哩。我说,红薯红薯长得好,疙瘩把你当个宝;红薯红薯长得孬,连叶带根都烧掉……

疙瘩还在编排,人们已笑得捂住了肚子。

家里红薯堆成山,怎么吃也吃不完。疙瘩下到红薯窖,两眉紧往一块靠。太阳爬到山顶上,疙瘩上来心欢畅。紧喊慢喊老婆子,快点快点拿新衣。一听疙瘩要新衣,老婆马上脸变阴。抽哪门子风啊,这不过年

不过节的,你要新衣干啥哩。

疙瘩摆手又摇头,长头发,短见识。叫你取,你就取,不管三七二十一,今天红薯要变米。

疙瘩套好马车,马车上放了两麻袋红薯。

疙瘩上下一身新,赶着马车出了门。巷里坐着好多人,七嘴八舌都来问。

马车一路吱嘎嘎,疙瘩笑成一朵花。红薯咱也吃不完,亲戚朋友都送点。疙瘩牵着马车走,头也不回到村口。

一走走了大半天,疙瘩赶车到了山里边。来到一户人门前,疙瘩卸下红薯袋,提了进去。

疙瘩掏出几个红薯,红艳艳圆嘟嘟的红薯一下子粘住了主人的眼睛。你上锅蒸,我不走,不好吃,不要钱,不甜不要钱。

疙瘩的红薯没得说,一会儿工夫就卖脱。麻袋里剩下几块块,疙瘩说啥也不卖,说要给老丈人送了去,孝敬孝敬老人家。疙瘩赶着马车往回走,碰上治安主任在村口,拦住马车死活不让走,说他投机倒把该批斗。疙瘩又赔笑脸又点头,打开麻袋叫主任瞅,你看你看,给亲戚送两块红薯,他们非要送我一包麦子两把米,还有几个母鸡蛋。你再看我的兜里边,没有装下一分钱。

主任把疙瘩浑身上下搜个遍,真的找不出一分钱。主任不服气,又让疙瘩脱了鞋。疙瘩左抬一只脚,右抬一只脚。一只鞋子"吧嗒"底朝天,另一只鞋子"吧嗒"底朝天。除了满鞋的土和臭,连个钱毛毛也看不着。

疙瘩倒出来剩下的几块红薯,主任,这是孝敬丈人的,今儿个碰上了你,就孝敬你。

主任抱着红薯,让疙瘩走了。

疙瘩赶着马车,刚要走,喝住马,刹住车,回头大声问主任,主任主任别着急,我有话还要问问你,你老婆腿脚利索不,你的娃都多大了。

主任瞪眼望疙瘩，不知疙瘩说的啥。

我的红薯干又甜，娃娃吃时要看管。你老婆腿脚不麻利，一碗水送得不及时，红薯噎在喉咙里，上不来，下不去，一时一刻就紧急。心急吃不得热豆腐，心黑吃不得干红薯。小口吃，莫着急，边吃边喝边问心，这红薯干得是何因。嘎嘎嘎嘎……

主任还不知道啥意思，疙瘩的马车已经没了影。回到家，疙瘩从马尾巴下解下一个包，包里是几张皱巴巴的钱。

不知道谁把疙瘩逗主任的话在村里传开了，七村八乡的，人们都说疙瘩给大家出了口恶气，也知道了疙瘩的红薯好吃，干、面、甜。从此，人们看见疙瘩，都叫他"红薯疙瘩"。

明天是个好天气

生命的储蓄罐

王一力开着三轮车抬头瞅了一眼桃园上空的月亮，心说这月亮圆鼓鼓的也是装满了心思吧？他咬咬牙，把三轮车开得嘣嘣乱叫着冲进了桃园。等到他把车上的筐子都摘满了，桃园门口已停下好几辆三轮车，都是来买桃子的。

桃园主人老李拍着王一力车上的筐子，嘿嘿笑着说，赶早捡了个便宜啊，看这桃，多好。

王一力眉头一拧，叫老李可别给他算高了，说起半夜来就是为弄个好货。

老李说你今年在我这买了几千斤了,啥时候给你高价过?

王一力呵呵笑着扔了颗烟给老李,要开三轮车走时,老李把女儿小桃放到了三轮车上,说是星期天,要去城里耍去。

王一力心里咯噔一下,心说老李也是大意,怎能放心地把孩子交给一个不知根底的外地人呢?他就开玩笑地问老李,敢把小桃交给我?不怕我把小桃跟桃子一起卖了?

老李说,卖了卖了,省得一天气我了。转眼又说,谁是啥人一打交道就能看出,咱俩今年才认识,可你一张口我就知道是个好人。

王一力听着老李的话,心下早已雷响,呵呵笑时,竟笑出来满眼眶的泪。

路上,小桃对王一力讲学校的事,说,勇勇有好多的卡片,我们同学都拍不过他。他的卡片都是从城里买的呢。王一力说,一会儿卖完了桃,咱也买城里卡片。小桃高兴地往王一力身边挤了又挤。王一力开着车,听着小桃在他身边小鸡般叽叽叽叽不停地说不停地笑,他的心里禁不住涛涛浪浪——我的小妮儿呢?这个心思刚冒上心头,王一力就咬咬牙,好像要把它咬断、嚼碎,可是眼里又湿了。王一力抹一把脸,想最近自己心思杂了乱了,动不动就想小妮儿就想掉眼泪。王一力怅然一叹,心说再不能这样子了。

桃子三下两下就卖得剩半筐了。王一力给小桃买了肉夹饼叫她吃,说一会儿就带她去买卡片。

一个男的骑着摩托车在王一力的车旁停了下来,摩托车上跳下个女人,说是要买桃。在筐子里扒拉来扒拉去,一会儿说桃子不新鲜,一会儿又嫌桃毛扎手,要王一力降降价。王一力说,早起刚摘的,一个一个从树上摘的,就挣个辛苦钱。女人不高兴了,耷拉个脸,砰地把挑拣的一包桃子摔到了筐里,说不买了,卖桃哩还是卖人参哩?王一力一看新鲜的桃

第三辑 明天是个好天气

子摔破了好几个,也不高兴了,就说,货卖一张皮,不要别摔啊。女人扭身指着王一力的鼻子说王一力骂她买不起桃子,骂道,你说老娘没钱?你信老娘买得起你这颗人头不?王一力一下愣住了,站在车边摆着手说我没说你买不起我不是那意思……王一力还没解释完,摩托车上的男人就冲了过来,啪啪给了王一力两巴掌,骂王一力一个男人大街上欺负女人。女人也跳脚骂开了,叫男人打王一力。王一力气得把拳头捏了又捏了,扭身把发动三轮车的摇把提在了手上。王一力要往男人跟前冲时,有人抱住了他的胳膊,是小桃。小桃指着女人男人大声嚷,是你们不对,你们不能欺负叔叔。

王一力的胳膊一下就塌了下去,心底又翻涌得涛涛浪浪。

一时半刻就围来好多人。人们看着小桃都说这孩子小,可说话在理。

女人一听人们替王一力说话,脸上一忽儿白一忽儿红,转眼骂男人窝囊,又指着王一力嚷,你提个棍干啥?想打人?一看你就是个杀人犯,今儿个你不打死老娘就是畜生养的。

摇把在王一力的手里嘣嘣嘣地挣着,王一力使劲地攥了攥摇把,抬脚要冲时,小桃又抱住了他,指着女人说你不讲理,胡说八道。一旁围观的人也劝王一力不敢冲动,说你那一摇把下去可真成了杀人犯了。有人就夺下了王一力的摇把,劝王一力回去吧,说桃也没几个了,别卖了。

王一力给人们解释刚才的事情时,叫骂的女人和男人不见了。

人们劝王一力做个小生意不容易,可要忍耐些。人们说着说着又扯到了人生扯到了世事,说,人活着都不容易,可好人赖人大家都能看得着,就是人看不清,还有天哩,咱对得起自己的良心就好了。

王一力看着围观的人,突然,深深地弯下了腰,说,谢谢大家。

一颗泪水轰然摔在了地上。

王一力发动了三轮车,抱起小桃,轻轻地放在座子上,说,走,叔叔带你买卡片去。王一力对小桃说,咱买两盒,你一盒,叔叔家的小妮子一盒。

062

小桃高兴地说要跟小妮子玩卡片。王一力说,好。

王一力说好的时候,重重地点点头。王一力觉得岁月一点一点从他的身边溜走了。在他看来,多年前他因为喝酒失手把人打倒在血泊里,东跑西躲,最终也难躲过心里的小妮子和呼呼的岁月。

王一力对小桃说,明天叔叔要回老家看小妮子。

小桃说,明天是个好天气,爸爸说的。爸爸说天好了,桃子才好吃。

王一力呵呵笑着,说,明天肯定是个好天气。

学习雷锋好榜样

我妈说过,人没有前后眼。我说,对。那个交通事故一点儿预兆都没有给我,咔嚓一声,就摆在了我和儿子的眼前。

那天是接儿子放学回家。从儿子的学校到我家有两条路,当然是指最近的路。一条是出了学校,穿过一个小公园,再过一条街,就到我家楼下了;还有一条路是从学校出来,绕到大街上,再绕到楼下。当然绕道得开车,虽然开车有时未必比步行快。那天发生的交通事故,就是因为我开了车,把我和儿子都牵扯进去了。也就是说,如果我不开车,带着儿子从小公园过,就不会那么快地到了楼下,就不会发生那件事了。现在想起,我的心情还是不能平静。

儿子要下车看。我没有下去,我不想管那些闲事,弄不好还会惹一身的麻烦,身边这类事情多了,原本是在做好事,却让好事搅扰得日月不安。我喊儿子看一下就上楼,做完作业还要拉琴。儿子不知听到了没有,我看见他虫子般一拧一拧地往人群里挤,转眼就看不见了。

没一会儿,儿子腾腾地跑回来了,书包在后背上左一下右一下晃来晃去,让人看着心疼。

爸爸爸爸,快,有个老爷爷在地上躺着,头上也流血了,你把他送医院吧。儿子嘭嘭地拍着车门。

我没有说去还是不去,也没给儿子说那是麻烦事,不要去管。我说爸爸得存车去。

儿子急切地大喊大叫,眼里竟然扑簌簌流下了泪水。儿子哭着说,你不把爷爷送医院爷爷会死的……

旁边好多人都在看我们。我心想,又不是我的车撞了人。我看着儿子的眼泪还是下了车。我掏出手机,开了录音,挤进人群,趴在躺在地上的老人脸上,对老人说,不是我撞得你,你说句话,我录下来,你家人来了或者交警队来了好给我证明。

一旁围观的人嚷嚷开了。这个说,录什么呀录,人都受伤了。那个说,看看这世道,人心不古啊。

我心说你们就会说风凉话,就知道围着看热闹,咋不伸手呢?

儿子急切地催我把老人抱上车。

我说,儿子你不懂,得有人做个证明。

儿子说,我给你证明,爸爸,我证明不是你撞了爷爷。

儿子的话锤子般咚咚地敲打着我,我的脸倏地红了。还有什么好说的呢? 我和儿子把老人送到了医院,老人的儿子正好也赶了过来。

老人的儿子走到我跟前,刚要说话,我儿子就扯着他的胳膊说,不是我爸爸撞的爷爷,我证明。

老人的儿子呵呵笑着,告诉我们撞老人的车通过监控视频已经找到

生命的储蓄罐

了,他是来感谢我的。

出了医院,儿子蹦跳着,嘴里叽叽咯咯地唱着歌儿。我喊住他慢点,问他唱的啥歌?

儿子仰起脸,又唱了起来:学习雷锋好榜样,忠于革命忠于党……

儿子告诉我下午老师刚教的这首歌。儿子说,老师教了一遍我就会唱了,老师还表扬我了呢。爸爸,你知道为啥我学得快吗?

我摇摇头。

儿子小小的眉头挤到了一起,小手指点着我说老爸啊老爸,你真是老了,你教我唱的你都忘了?你还给我讲过雷锋的故事你也忘了?

我给你讲过雷锋的故事?

儿子说,老爸今天咱们做的事算不算学雷锋呢?

我点点头,很重很重。

暖意融融的春风里,我跟着儿子一起唱起了歌:学习雷锋好榜样……

磨刀匠

麦子眼看着就要黄熟了时,磨刀匠扛着板凳,来到了羊凹岭。

磨刀匠的叫喊声不像有的磨刀匠的声音抑扬顿挫,跟唱歌似的。他的喊声简单、沉闷,可是干脆利落——磨刀磨剪子、磨刀磨剪子……人们在三钱的小卖部前拦住了磨刀匠,说你磨刀呢还是赶路呢?喊一嗓子就跑得没了影影。磨刀匠黑红的脸上浮了一层不好意思地笑,嗵地放下板凳,骑坐在凳子上,接过人们手里的镰刀,吭哧吭哧地磨了起来。一会儿工夫,磨刀匠身边就放了一堆的镰刀、锄头、剪子、菜刀。

三钱小卖部前每天都有好多人,打牌耍麻将的、没事扯闲话的、照看孩子的。磨刀匠来了,就把他的板凳支在小卖部前,手下噌噌地磨着刀,好像也不急,还跟娃娃要逗闹一下,挤一下眉眼抽一下鼻子地装怪脸,惹得娃娃咯咯笑得跟线团子一样都绣在了他身边。磨刀匠就开心地把糙手在衣服上蹭蹭,变戏法般掏摸出一块糖,一个娃娃手里塞一块,一会儿又从凳子下的帆布袋里掏摸出几颗黄杏,给娃娃吃。娃娃拿着糖拿着杏欢喜地偎到爷爷奶奶怀里,小嘴吃得吧唧响。吃完了,又缠磨到磨刀匠身边去了。磨刀匠没有好吃的了,就给娃娃唱小调,呜呜啦啦地听上去很喜庆。

人们都说这个磨刀匠磨得刀好,脾性也好,张嘴问他多大岁数、家里都有些啥人、有没有娃娃时,磨刀匠的一口四川话,没人能听懂。磨刀匠好像也不在乎人们听得懂听不懂,又给娃娃念童谣:张打铁,李打铁,打把剪刀送姐姐……童谣说得慢,人们听懂了,都说这个好听。娃娃们也听懂了,跟着磨刀匠哇哇啦啦地说开了:姐姐留我歇,我不歇,我在桥洞里头歇……那个下午,可羊凹岭的巷子里都是"张打铁李打铁"的童谣声。

人们都说,李老二女儿要在的话,肯定学得快说得好。李老二跟媳妇在四川打工好几年,前年才回来。去的时候是两口子,回来成了三口人。李老二媳妇在四川生了个女儿。人们都说这娃娃在哪儿生的就像哪儿人,他们都认为李老二的女儿不像羊凹岭的娃娃,细眉小眼的,皮肤白皙的,哪儿哪儿都小小巧巧的,像是个南蛮子。羊凹岭人把南方人都叫作南蛮子。可南方娃娃长得什么样呢?他们其实也不清楚,只是看见老二的女儿长得漂亮,开个玩笑。可李老二却不高兴了,叫大家不要

生命的储蓄罐

瞎说。

　　有一天李老二去小卖部买烟时,磨刀匠刚好磨完一把刀,抬眼时,两人的眼光就碰到了一起,磨刀匠呀地喊了一声,说,哟,这不是小李吗?李老二却木着脸,冷冷地说,你认错人了。磨刀匠嚷,啥子认错人了哟你就是小李嘛。磨刀匠扔下手里的活,小李小李地追着喊,说你前年在我家附近的工地干活,看见过我的女儿,你还说她小眉小眼的皮肤白皙的好看,你也忘了吗?她丢了,不知哪个把我女儿领跑了……磨刀匠哇啦哇啦说着,可没人能听懂,李老二也早走没了影。

　　一天黄昏,磨剪刀的叫喊声匿在了羊凹岭路上黄的尘埃中时,李老二来到了三钱小卖部前。李老二说,下牛坡前几天丢了个娃娃你们知道不?听人说是四川来了一伙人,专门拐一两岁的小娃娃。老二没说那个磨刀匠,可人们一下就想起了他,他可就是四川人啊。

　　哗地一下,好像是,人们的心一下子亮堂了,叽叽喳喳的比一旁桐树上归巢的鸟雀还要吵嚷得厉害。他们都是想起了这个磨刀匠到羊凹岭好几天了,没有活儿了,还是来,来了,就逗惹娃娃耍,就给娃娃糖、瓜子、水果吃,还给娃娃唱小调、教娃娃说童谣。

　　他操的啥心呢?

　　人们认为这个磨刀匠是想跟娃娃混熟了,好拐走。

　　第二天,磨刀匠刚走进羊凹岭,一声"磨刀磨剪子"还没喊出口,就被人挡住了。人们推搡着磨刀匠,怒冲冲的唾沫花钢钉般嗖嗖地扎向他,说镰刀剪子都磨完了,你咋还来?磨刀匠一手扶着肩上的板凳,一手比画着,嘴里娃娃长娃娃短地哇啦。人们听着就更气愤了,呵斥着叫他走。磨刀匠急得眼圈都红了,倏地放下板凳,从帆布袋里掏出一沓纸,是寻人启事,还有一张照片,磨刀匠说是他女儿。人们看着照片都说眼熟,好像在哪儿见过。在哪儿见过呢?又说不上来。说不上来,就又撵着磨刀匠走,警告他以后再不能来羊凹岭。

第三辑　明天是个好天气

那天黄昏,磨刀匠的身影消失在黄土飞扬的大路上时,人们看见李老二骑着摩托车,带着媳妇和女儿,说送她们去姥姥家玩去。看着摩托车上李老二的女儿,好多人的眼睛一下都瞪大了。旋即,人们又释然,都说天下相像的人太多了,哪有那么巧的事?

后来,那个磨刀匠再没来过羊凹岭。他的女儿找到了没?没人知道。

生命的储蓄罐

第四辑

我请母亲吃碗面

工地上的女人

太阳白亮。

女人正在工地上筛沙子时,手机响了。女人没看。工地上活儿催得紧。手机在裤兜里呜呜啦啦自顾唱了一会,停了。

女人筛了一堆沙子,又吭吭地抱起一袋水泥,扑通倒进搅拌机,一咕嘟灰雾扑地扬起,罩了女人的脸。女人把沙子加进去水,开了搅拌机。还未喘息一下,空中又催喊着要搅好的灰。女人推过吊下的平车,倒上搅拌机里的水泥灰,推过去,挂上挂钩。平车晃了晃,嗖嗖地上去了。

女人又开始筛沙子抱水泥袋子⋯⋯

女人干枯蓬乱的头发,裹了白的灰的尘。女人紫红黑糙的脸上,裹了白的灰的尘。女人全身上下不知裹了多少层白的灰的尘。

白亮的太阳下,女人疲惫、乏困,可女人一时半刻的不能停歇。女人跟工地上的铁锹、搅拌机一样,不能停歇;跟上来下去运送和好的水泥灰平车一样,不能停歇。工地上的每个人都不能停歇。

中午要收工时,手机又响了。

是儿子打来的。

女人听着儿子叽叽咯咯鸟儿一样说个不停,就呵呵笑。女人挂着铁锹,看着工地不远处的街上人流车流,眼里就雾开了。女人干活的工地

就在儿子大学的城市。

女人问儿子吃了没？女人叮嘱儿子吃好。女人说好赖饭要吃饱，正长哩，别挑三不挑四的。儿子问女人在干啥？女人说在你二婶门楼下坐着呢。女人说你二婶家的这个门楼大、深、凉快。女人说，门楼里还坐着你花嫂子五奶奶，你五奶奶看你小叔的娃，娃跟你小时一样，趴在门洞的青石板上玩石子，一玩一个上午，可听话。儿子要跟小叔的孩子说话。女人说改天吧，刚跑出去。

女人突然停了话，看看日头，说不是说好晚上十点以后打电话便宜吗？儿子说放暑假了，不回去，在学校附近找下了工作，家教，主家住十一楼，宽展、干净，各个屋子都有空调电视。女人又呵呵地笑，嘱咐儿子要懂事要有眼色，勤快，不要乱动人家的东西，不要跟人家讲工钱，那么好的条件。儿子说好。女人说没事就挂了吧。儿子说好。

晚上，女人躺在工地上青砖临时搭建的房里，睡不着，胳膊腿散架了般，各是各的了。地上的电扇呼啦啦响得欢实、热闹，热也不见得减。女人又想跟儿子说说话，就把电话打了过去。儿子的手机却关机了。

女人悻悻地骂了句这孩子。想着儿子或许正辅导人家孩子功课，女人乐了。宽展展的屋子，干净，有空调，有电视，多好。女人又骂了句这孩子，翻翻身，睡了。

第二天，女人跟管伙食的赵头去菜市场买菜。女人央求赵头开车到儿子的学校边看看，说不定正好能看见儿子。女人说，就看一眼，不让他知道我在工地干活。赵头说，明天吧，明天早点走。

车到一个工地边，赵头下去办事。女人坐在车里，看见这个工程建一栋楼，干活的人少。远处有个人在推沙子，瘦溜溜的个子，黑的头发乱糟糟地扭结在一起，灰的T恤被风吹起来了，背上鼓起一个大包。是个孩子。女人心说。女人看见那孩子背弓着，腿弓着，吃力地推着一车沙。女人知道，那一车沙分量不轻。女人就想起了儿子。女人的嘴角扯了扯，

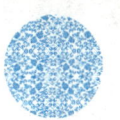

第四辑 我请母亲吃碗面

心里却笑了。女人又想给儿子打电话。她就把电话打了过去。

儿子果然在宽展展的屋子,吹着空调。

女人跟儿子说着话,给儿子讲工地上推沙子的孩子。儿子问她在哪？女人说,赶集哩,路边上有个工地。女人说,羊凹岭的集,你知道,逢一五日子。儿子说,天热,不要找活儿干了。女人说,不干了,这热的天,坐着都冒汗,哪能干活？儿子说,天凉也不要出去干活了,你身体不好。女人说好,就坐家享福。女人说挂了吧,集上人多车多,听不清楚。儿子说好。

女人挂了电话,眼里还湿着。女人说,儿子长大了,他爸要是在,多好。女人想起推沙子的孩子,突然想给那孩子买瓶饮料,或者冰激凌,或者一个西瓜。女人真的跑到市场买了一瓶饮料、一个冰激凌、一个西瓜,红红绿绿水水淋淋地提了一袋。

可是,她找不到那孩子了。工地上的人说可能上厕所去了,让她等等。工地上的人告诉女人,那孩子是附近大学里的学生,找了个家教工作,嫌工资低,说问来问去就是工地上工资高,就跑来了。说那孩子说他没有爸,妈身体不好,他得把下学期的学费挣下。

女人的心扑腾跳得纷乱,把袋子给那孩子留下,匆匆地跑去市场找赵头了。她心里,好像是有点害怕见到那孩子。想起明天赵头就能带她去看儿子,她又掏摸出一张票子,给赵头买了一瓶饮料。

生命的储蓄罐

第四辑 我请母亲吃碗面

工地开满花

赵头一早起来就不高兴了。赵头是工地的厨子。他一不高兴,就把锅碗瓢盆弄出很大动静,咣、咚、砰嚓,一声赶着一声,在厨房里炸响。蹲在地上剥蒜的黑女人抬头看一下赵头,看一下赵头手里的铁勺把大片锅磕打得咣咣响,她扁扁嘴,没说话。

赵头就是生这黑女人的气。

前天赵头给工头老李说是吃饭人眼瞅着一天比一天多了,得找个帮灶的。

可老李带来好几个人,都是挨不过两天,就让赵头呵斥着走了。老李知道赵头心里有事,不跟他计较,就再找了这个女人帮厨。赵头看了一眼黑黑瘦瘦身单力薄的女人,火气倏地就顶到了脑门。工地上虽说人不是太多,但二三十个人都是能吃饭的主儿,找这么个黑瘦的女人来,除了能扒葱剥蒜还能干了啥?

老李在盆子里捡一块豆腐扔嘴里,叫赵头别小看人,说人家在大食堂大饭店干过。老李说着就拿下巴点了点黑女人,悄悄地对赵头说再找,有了合适的就辞了这个。

赵头气哼哼地咽了口唾沫,看那黑女人踮脚耸肩地揉面,一双黑瘦的鸡爪般的手像是在揉胶泥般,脸都胀得红紫了,面团还是没揉出个样来。赵头哼哼着扯过面团,黑下眉眼催黑女人切南瓜去,南瓜炖粉条子,说眼瞅着晌午了,人一下工,就要吃饭。

黑女人抱起一个南瓜,放在案板上,嚓一刀,嚓一刀,很费力的样子。老赵的馒头上笼屉了一大块肉也切完了,南瓜还在黑女人的手下滚。老赵气得夺过南瓜,噌噌地切着。切着,又责骂起了黑女人,你咋这么笨?连个南瓜也切不了?你说你到底在大食堂干过没?是在大食堂扫地擦桌子的吧?

黑女人不好意思地笑笑,真的跑去扫地擦洗桌子去了。

馒头和稀饭熟了,菜也咕嘟咕嘟炖上了。赵头喘口气,白了还在擦桌子的黑女人一眼不叫她擦,说那些人不讲究,就是让他们坐茅坑边吃饭也香。黑女人呵呵地笑,头也不抬地说,你才说错了,哪个不喜欢个干净好看?

赵头瞥了黑女人一眼,心说还得赶紧催催老李找人,这黑女人,不行。

四月的天空,没了前些日子的灰蒙,透出的是清明的瓦蓝。一只鸟儿啾叫一声,清脆脆的。赵头看着越飞越高的鸟儿,想,她们,在老家还好吗?这么好的天,她们在干啥呢?若是她们正好也抬头看天,也能看见那只鸟儿吗?这样想时,赵头竟有些激动,仰着的头就不舍得低一下,直看得他眼睛生疼了还在看——以前,媳妇跟他在一起,女儿在老家上学。可是没想到女儿坐的校车翻了,女儿的腿断了……

突然,咣的一声吓了赵头一跳。赵头回头就看见黑女人给厨房门边摆下好几个破盆烂罐,还有两个工地扔下的装水泥的胶皮桶。

赵头没好气地问她干啥?

黑女人呵呵地笑说,栽个花。

赵头哼了一声,栽啥花呀栽?工地上又不是花园。

黑女人呵呵地笑,就是工地上没个看头才栽几盆花哩,这么好的天气。

生命的储蓄罐

第四辑 我请母亲吃碗面

赵头发现黑女人真能笑,动不动就呵呵地笑,责骂她时也是呵呵地笑。赵头想起了媳妇也爱笑。女儿残疾后,就很少听到媳妇的笑了。他也笑不出来了。他觉得自己的日子就跟那板结的土地一样没了一丝喘息的缝隙。赵头蹲在门口吃烟,黑个脸茫然地看着高远的天空,看也不看黑女人一眼。

黑女人不在乎赵头看不看她,呵呵笑着给赵头叨叨,这是指甲草,这是夜来香,这是吊线线花、蜀葵。

赵头不吭气。

黑女人说,人活着就得跟这花儿一样,可着劲长你说对不赵头?这就是心劲。人活着还不就是活个心劲?

赵头在心里嗯了一声,可还是没吭气。

黑女人说,我就喜欢栽个草种个花,看着这些个花花草草我就忘了日子里的那些烦心事,我就有了心劲,我就觉得这日子呀会好起来。黑女人说,哪个日子好过哩?还不都是想法子给心豁个缝儿让心透个气儿,你说对不赵头?

赵头还是没吭声,蹲在食堂门口,盯着那些破盆烂罐里的花儿一棵赛一棵长得旺势,红的黄的开得繁茂时,他的眼里心里觉得暖暖的东西在流淌,烟火烧到手指头了,才慌慌地摔了。

端午节快到时,老李来到厨房,告诉赵头吩咐黑女人明个不要来了,找下人了。

赵头看一眼厨房门前的十多盆花儿在瓦蓝的天空下,郁郁葱葱,花团锦簇,说,算了吧,都熟人了。

只是那黑女人干活儿还是叫赵头头疼,动不动的,赵头就高声大嗓门地斥责她骂她笨。黑女人不吭气,呵呵地笑。笑得赵头也没了脾气,也跟着呵呵笑。

灶 花

　　七号窗口的饭菜特别受学生欢迎,这跟灶花有很大关系。灶花在七号窗口卖饭。

　　学校的饭厅很大,卖饭的窗口也有很多,特色花样却很少,大家好像商量好的,一家有什么,大家也都跟着八九不离十,白菜炖粉条、蘑菇烩油菜、清炒瓜条、红烧茄子……你若要一种菜,那不行,必须三种菜以上搭配。同学们不愿意。打一份蘑菇吧。灶花说,那可不行,几样拼起来才有营养。同学若说,可我不想吃别的。灶花一双好看的眼睛就眯成了缝,你这样可不好,不能挑食。少打点别的,好吗?灶花一说,那些挑食的也不挑食了,喜滋滋地端着饭菜吃去了。

　　灶花真的是名副其实,当而无愧,不仅在所有窗口中最为漂亮,而且声音清脆、好听。吃西红柿鸡蛋面吗?好咧,西红柿鸡蛋面一碗。脆生生清亮亮地喊出去,可数的几块鸡蛋也好吃了许多,稀稀的一点西红柿汤汤也好像就该是那么多,再多,就不好吃了。

　　灶花报饭,收钱,也盛菜。开饭时间,灶花戴一顶小白帽,穿一件白衣服,往窗口一站,七号窗口就拥挤开了,就人满为患了。同学都说,灶花那衣服肯定改过。那个就说,肯定了,你不看人家是谁呀,灶花嘛。呵呵呵……哈哈哈……反正闲着也是闲着,逗闹一下还能缓解咕咕作响的

肠胃。

灶花听不见他们的话。灶花给人打工,老板就站在身后。灶花一点也不敢走神,打饭、收钱、找零、报饭……忙得脸上的笑都僵僵的了,画上去似的。

饭厅的学生走得没几个了,他才来。急匆匆的脚步,踏踏踏,灶花不看也知道是他。灶花不知道他叫什么,有次同学喊他,葫芦,快点。灶花纳闷怎么叫这么个名字时,看他大大的脑袋,细长的脖子,灶花就笑了。葫芦不知道灶花笑什么,催说,快,来碗炒面。

灶花说,都成葫芦了,还不吃菜呀。

葫芦一听,就笑了,笑得很不好意思,晃晃大脑袋,没时间呀,嘿嘿,我呀,就是吃得再多再好,也比不上灶花好看。知道吗?浪费就是犯罪。

灶花的脸就红红的,眼睛亮亮的,谁是灶花呀,听他们瞎说。说着趁老板不在,给葫芦碗里添了一勺红烧茄子。

葫芦小声地说声谢谢,赶紧吃饭去了。

灶花的脸又红了,站在窗口,看他吃饭。吃完饭,葫芦忽然转过身,看着灶花,笑笑,摆摆手,才踏踏地走了。灶花的脸越发的烧了,愣愣地看着饭厅的大门。灶花看见那个高瘦的背影一遍遍在门口晃,一闪,不见了,可一眨眼,他又来了,还是那个背影,在灶花眼里如过电影一般,一遍遍重复播放。直看得灶花眼睛都疼了起来。

高考的时间越来越逼近了,葫芦吃饭的时间也越来越迟。来了,几步走到七号窗口,不是一碗面,就是一份炒大米,要不然就是个饼子,默默地吃完饭,又快快地走了。灶花看着他,有时说一句,吃好饭啊。有时也默默地、悄悄地给葫芦多打一勺菜,老板不在时,她就给葫芦碗底放个鸡蛋,或者几块红烧肉。葫芦看见肉或蛋,就会抬起头看看灶花,笑笑。后来,葫芦好像养成了习惯,每次吃完饭,都要抬头看看灶花,对她笑笑,才一晃一晃地匆匆离去。

第四辑 我请母亲吃碗面

灶花不知道自己怎么回事,每天总是希望饭厅的人快快离去,希望葫芦一晃一晃的身影闪现在门口。灶花知道,葫芦不是冲她而来,没有她,葫芦一样要吃饭。但是,灶花还是盼望着。一想葫芦,手中的勺子就点错了,不是把丸子多打了,就是瓜片没有盛。还有几次,把钱也找错了,气得老板狠狠地骂她,说她心野了,魂跑了,逛荡得回不来了。

可灶花还是没法管住自己,葫芦一来,灶花的心就回来了,兴冲冲的。葫芦的身影在门口晃一下,不见了,她的心也跟着晃一下,痛了起来。灶花知道自己是妄想,她连葫芦的名字也不知道,葫芦在哪个班,她更是不清楚,而她的名字呢?葫芦难道就知道吗?葫芦为什么要知道她呢?出了这个餐厅,她是谁呢?葫芦还会认得她吗?即使葫芦认识她,知道她的名字,又能怎样?看葫芦,盼葫芦,帮葫芦,也只能在这个小小的窗口。葫芦看她,也许不过是菜的主人,与这窗口的一把勺子、一个碗都是一样的吧。想到这些,灶花的心更痛了。灶花从没有这样的痛过,灶花喜欢这样的痛。灶花就这样一遍遍地想着、痛着、快乐着、盼望着。

五月初的一天,葫芦买饭时,顺便给灶花递了个纸条,约灶花晚自习后小树林见。灶花的心颤抖着,手颤抖着,整个人都颤抖着,灶花不知道要发生什么,但她的心是快乐的,整个人都是快乐的。

小树林是槐树林。五月是槐树开花的季节。未到树林,浓浓的槐花香就缠绕了灶花的整个身心。串串白花,如同灶花的心思一样,嵌在黑暗里,影影绰绰、隐隐约约,看不分明,却实实在在。踏踏踏,葫芦来了。那脚步声灶花太熟悉了。果然是葫芦。葫芦跑了过来。对不起,晚了。灶花,你听我说,呵呵,他们都这样叫你。我也这样叫,你,不会生气吧。灶花笑笑,黑暗中,灶花感到脸烧烧的。没关系,没关系。是这样的,灶花,我想请你给我写个留言,还有通信方式。葫芦说着,递过一张纸。不着急,哪天写好了,给我就行。黑暗中,不由自主地,灶花接过那张纸。灶花看见那张纸跟槐花一样白,像一串槐花躺在自己手上。灶花的心又开始了

生命的储蓄罐

痛,她感到自己整个人都僵硬了,他说了些什么呢?他要写什么呢?灶花从没写过什么留言,连通讯录见也没见过,上完小学,她就没有再上,出来打工了,哪里知道还有什么通讯录。泪水,顺着灶花的脸一涌而下。

一阵风吹过,白白的槐花如星星般飘落……

不　欠

刚吃了早饭,撂下筷子,光子就紧催慢赶地嚷老婆手脚麻利点,说,多装上几个软柿子,张老师爱吃。

老婆哦了一声,摔下抹布,从布袋子里掏花生,一把一把。

光子咣咣过去,给张老师又不是给外人,看你小气的。说着话,就夹起布袋子倒,哗,竹筐一下就满了。

光子叫媳妇把檐下的窗台上的软柿子都摆在花生上,省的装兜里挤破。他从瓮里舀了三碗绿豆。光子说,人家张老师那两千块钱,能买你多少花生绿豆哩。人家帮了咱,咱不能忘记。

今年夏天,光子的儿子考上了大学,眼瞅着开学日子到了眼面前,可学费凑来凑去差两千,亲戚邻居能借的,光子都张了嘴,还是弥补不够,急得光子满嘴的水泡,喝口水都嘶嘶地疼。

张老师是光子儿子的初中班主任,肯定是听说光子儿子的学费凑不够的事了,一来,就掏出两千块,放到柜子上,说,不要耽误了娃开学报到。光子搓着手,瞅着钱,眉开眼笑地嚷老婆拿烟倒水,又催老婆做饭,炒臊子菜炸油饼,招待张老师。

两千块钱,皱了多少天的心,光子觉得一下就舒展了。

张老师不吃饭,说这半晌午的,吃啥时候的饭?

光子拽着张老师不让走,说,咋说你也得吃一口,连口水都没喝。

张老师看见窗台上的柿子,地里捡的,还是硬邦邦的。张老师呵呵笑着说,等你那柿子软了,我来吃软柿子。推着车子要走时,又扭头对光子说,那钱是资助娃的,不要放在心上。

两千块钱,可不是小数目。光子能不放在心上吗?就盼着柿子软了花生收下了,给张老师送去。人得有良心,得记着别人的好。光子说。

提着花生柿子要走时,光子又要老婆拿一件干净衣服换上。老婆摔下抹布,不耐烦的,相亲还是赶集啊?穿的新新的。

光子说,学校人多,别给张老师丢脸。

老婆的碗还没洗完,光子回来了,气喘呼呼的。竹筐里的花生还是满满的,绿豆也还在手里提着,摆在花生上面的几个软柿子红艳艳的也没有少一个。

咋没送去?张老师不在?

光子的脸红一块黑一块,绿豆似的小眼睛愤愤的,给他干啥给他干啥?不给了,我还要吃哩,卖,也能卖几十块钱哩。

老婆疑疑呆呆的,不知怎么回事,瞥了光子一眼,不是说得记谁不记谁,要记住张老师的好吗?要谢人家张老师那两千块钱吗?刚还说人家张老师的钱买多少多少花生哩,转脸就变驴了啊你。

光子叫老婆少废话,撑开袋子,哗,竹筐里的花生倒到了袋子,绿豆也倒进了瓮里。光子的脸才软和了一些,拨了一个软柿子吃着,说,不是一回事。钱是钱,花生是花生。张老师不是给咱一家钱了,他还给前巷小根娃和巷头二毛娃钱了。村里考上大学的娃娃,他都给钱哩。

生命的储蓄罐

媳妇还是木木疑疑的。

光子说,咱不欠他的。他都给哩嘛。

光子的心情好了,脸上红光油亮的,叫媳妇炒臊子菜炸油饼,说半年了,还没吃过一口油饼一口肉哩,肚子寡淡得跟狗舔了一样。光子哼着小调,咚咚出去割肉买菜去了。

从此,光子在巷里街上见了张老师也是想理不想理的,有时头一撇,装着没看见,面碰面,却黑着脸,咣咣地走了。

光子在心里说,我不欠你张老师的。你张老师又不是独独给我娃一人钱。

这 个 老 赵

张立强看爸翻腾他的布袋子,就不高兴地嚷嚷,别翻了,一毛钱也没有。

爸嗵地扔下袋子,抬眼看张立强时,就看见了儿子额头一块紫黑,不安地问,咋又挨打了?

张立强摸着脸说,还不是那姓赵的,话没说两句,就说我骂他了,他就举起了他的拐棍。

爸哼了一声,愤愤地,你不也有拐棍吗?你也敲他啊。凭啥老受他欺负?就一个钉鞋换锁头的,搁以前……

半截话让爸噎了回去,张立强抬眼看爸时,爸吃着烟,在他的腿上瞟了一眼,恼火又无奈的样子,飞快地,就把脸扭了过去,只留下一团团怅然的烟雾在张立强的眼前缭绕。

张立强知道,自从去年车祸把左腿锯了后,爸的眼里时常绕着恼火和无奈,他的心里何尝不恼火呢?活得好好的,两腿好端端的,一辆车轰隆过去后,一条腿咔嚓成了烂泥,整个人整个生活也都被拽到了烂泥里。可是,在床上躺了大半年后,张立强想开了,怎么活不是个活呢?没了一条腿,不是还有一条吗?不是还有手吗?张立强在街上摆了个钉鞋摊子。

羊凹岭街上有两家钉鞋摊,一个是老赵的,一个是老赵媳妇的。张立强挨着老赵摆上了他的东西,第一天,还没坐稳当,老赵就用拐棍打倒了张立强的钉鞋机子。张立强哎哎地叫着,还没扶起机子,老赵又用拐棍把张立强摊上的钉子皮子拨拉到了路上。张立强脸憋得通红,嚷,干啥啊你!?老赵黑着眉眼,用拐棍指着张立强的鼻子,说,谁让你在这儿摆摊了?

张立强一跌一跌地捡着散了一地的钉子皮子,从兜里掏摸出一张张单子,卫生费、摊位费,都有,说,你瞅瞅你瞅瞅,我有手续哩。呸!老赵吐了张立强一口,拐棍砰地一下就敲打到了张立强的手臂上,啥手续?你不是要跟着六子去城里吗?还弄啥手续?

张立强嚷,我去不去城里关你屁事。说着就要往老赵跟前冲时,旁边的人给拦住了,劝张立强,老赵也不容易,你一来不就抢了人家生意了嘛!张立强气呼呼地说,这是羊凹岭的街,又不是他家的。

话是这么说的,张立强的钉鞋摊子连着摆了三天,都让老赵给搅乱了。今天,张立强多说了两句,老赵又举起了拐棍,张立强躲闪不及,拐棍就敲在了额上。

爸摔了烟头,脚尖狠狠地踩上去,在烟头上碾来碾去,说,我看还是别摆了,一天挣不下钱还要挨打,你还是跟你六子叔干吧。

生命的储蓄罐

张立强张口要说话时，六子来了。

六子说，听说老赵又打你了？不等张立强说话，六子又说，一个钉鞋摊子一天能挣几个？风吹日晒的，挨打受怕的，图个啥呢？跟着我，一天啥也不用干，还吃好的喝好的。

张立强知道六子叔说的意思，六子叔在城里做的事在羊凹岭已经不是秘密了，前几天还听说有人提着点心找六子叔，叫把他的儿子带城里去。带城里去干啥？乞讨。六子叔手下的"员工"有大人也有孩子，有残疾人也有正常人伪装残疾的。这些，张立强都知道。

张立强不愿意。张立强说他还有一条腿还有两只手还有一张脸面哩。

张立强爸听六子说得诚恳，把个头点得忙乱，说张立强是借着福气不享，非要摆个钉鞋摊，挣不下钱，还挨打。

张立强不理他爸，叫六子叔再问问别人去。

六子说，你这可是一本万利，坐收渔利啊。

张立强不让六子说了，说他就是想靠自己挣点实在钱。

六子走了。张立强爸黑着眉眼把烟吃得云遮雾罩的。

张立强盯着钉鞋机子，又想起了老赵。妈的，这个老赵。老赵和媳妇在一次车祸中，两个人的两条腿都断了，他们的半截腿下绑着一块木板，板子下按着轱辘，咕噜滚来了咕噜滚去了，当当当地给人钉鞋轧包，捡馍花花一样五毛一块地挣。可是，老赵手上闲了，就要高声大嗓门地唱一段蒲剧唱一段眉户剧。唱完，一旁的人一鼓掌叫好，他就高兴得又拉开了嗓门。

张立强问他爸，六子叔说得那么好的事，老赵和他媳妇为啥不跟着去？

他爸白他一眼，没有说话。张立强突然觉得老赵其实挺厉害的。

第二天，张立强又拉着钉鞋箱子来到街上，老赵和媳妇已经摆好了摊子。

老赵问张立强,还敢来?

张立强说,咋不敢来?你又不吃人。

老赵问,听说六子找你了,咋不跟六子去?

张立强说,你咋不去?

老赵嘎嘎笑,好啊,没看出你还有点骨气,把摊子摆开!说完就唱了起来:盼星星,盼月亮,只盼着深山出太阳,只盼着能在人前把话儿讲……

张立强摆开摊子,心里又骂了句:"妈的,这个老赵!"

夜 航 灯

生命的储蓄罐

在晚上的寒风中,路边的店门都关上了,我在空荡荡的街上慢慢走着,尽量地,挨着街灯走。在我四十二年的生命中,好像是,没有比这些日子更喜欢灯光了。走到一个卖烤红薯的小摊,我会停下来。

烤红薯的炉子通体散着热,挑在炉子上的灯像一盏夜航灯,小城晦明的街上,远远地,就能看见。有顾客来,炉边的老人漾着满脸的笑,推开炉盖,掏出一块烤得焦黄的红薯在手里扑扑地掂,说,刚刚好,照我说,趁热吃好。

每天晚上我都要买一块烤红薯,在摊前待一会,跟烤红薯的老人聊上几句。等到一块烤红薯装到袋子里,递到我手上时,好一会儿,我的手

第四辑 我请母亲吃碗面

里都是热乎乎的。我也喜欢装烤红薯的纸袋子。很平常的纸袋子,是废旧的书纸糊的,给人一点怀旧的情愫,和家常日子里的细微感动。

老人说,照我说,回家吧,冷。我说,您也早点收了回吧。老人说,回,老伴要急了。

老人的老伴等他回家呢,我想,这个冷的夜里,等我的只有一个黑屋子。我捏了捏兜里的瓶子。

我害怕回家,害怕看见黑洞洞的窗户。

黑的窗户冷寂的家是从公司易名、汽车换主,我还顶了高额的债务和老婆离婚后就有了。我不想让老婆担惊受怕被人堵截被人辱骂,跟老婆说好假离婚。我说你相信我困难是一时的,我们会好起来的,过去的一切我们还会拥有。老婆点点头,和我抱头痛哭。谁知,老婆转脸就把自己风风光光地嫁了。

我把自己关在屋里,躺在床上不吃不喝,三天后的一个晚上我起来了。我咬破嘴唇,眼里摔出一把泪,顺着街道默默地走着。漫无方向。我就看见了这个烤红薯摊,当然是,先看见了挑在炉子上灯。

老人说,收了摊,咱俩能跟一段。老人把红薯袋子搭在自行车后,掏了炉火,扑灭。我帮老人摘下那盏充电灯,挂在车把上。街上空无一人,几片枯的桐叶在干的枝头哗哗响。寒凉砭人。

老人说,你好像有心事。我一愣,随即,就呵呵笑,没有。兜里的瓶子好像越发的沉了些。

老人说,我儿子去年死了,车祸,白发人送黑发人,你不知道那滋味,老伴一急,脑溢血了,瘫了。照我说,这日子还要过,我还要把孙子养大看他娶媳妇呢。老人说着就嘎嘎笑,没有什么过不去的,人都说我命不好,照我说,倒要跟这命挣一挣。

可我实在坚持不住了,曾经的显赫和前呼后拥,曾经的逢迎和灯红酒绿,都只剩下了一个冷清的家了。我扁扁嘴,没说话。兜里的瓶子好像压在我的心口上,憋得我透不过气。

老人说,我那儿子从小就犟,就喜欢跟我对着干,照我说,他就是故意地把孩子、媳妇和他妈给我扔下不管了,他就是看我的笑话,看我能不能扛过去,我就扛给你看我给他说。老人嘿嘿笑,好像真的在跟儿子赌气。我抓握着红薯,任由瓶子在我兜里晃来晃去。

跟老人分手时,老人说,这段路不好走,我给你照着。我不让,叫他赶紧回家,冷。老人说,照我说,没什么过不去的,你还年轻,日子长着呢。

我苦笑一下,心里却涛涛浪浪。

老人推着车子,车把上的充电灯洒下了一地淡黄的光。我就走在那黄亮里,走了好远一段,回头看老人,老人还在我们分手的地方站着。

烤红薯暖暖地捂在我的手里,焦黄润白的香在鼻下蜂般嗡嗡绕。站在我家楼下一个窗户洒下的光里,我对老人喊,回吧,我到家了。老人走远了,车把上的灯在黑的夜里亮亮地在我的眼里晃来晃去,晃来晃去。

我仰头看着一个个窗口上白的、黄的、花的亮光,像小孩子看着柜台上的玩具一样贪婪。那些亮光像一个个诱惑刺激着我的心和眼。我像猎人发现了他的猎物一样捕获着那些亮光,一朵、两朵……恍惚中,我看见我家的窗户也是一片灿烂,甚至,明亮得有些刺眼,有些过分和浪费。我几乎是蹦跳着到了门口,那瓶子小鼠般在我兜里嘣嘣乱跳。

门打开了,家里却是漆黑一片。

站在黑寂的屋里,烤红薯老人那盏充电灯又亮亮地在我眼前晃来晃去,晃来晃去。老人说,照我说,没什么过不去的,你还年轻,日子长着呢。我抹了把眼,把屋里的灯全都打开。我坐在雪亮的屋里,掏出兜里的瓶子——敌敌畏,紧紧地攥在手心。

生命的储蓄罐

小 蜗 牛

说好的过了夏,我再回到城里妈妈家上学。可是从医院回来的第二天,姥姥就跟我一起回到了城里。

那天,姥姥带我去镇上医院,说是去看花妮。

在医院小的走廊,我从病房门缝看见了花妮。花妮头上缠着白的纱布,一层一层,跟画册里的阿凡提一样,看着我笑。我要推门进去找花妮玩,花妮妈妈拦着门,不让进去,说你把花妮推下墙,花妮摔傻了你知道不。

我嘟着嘴,小声地说,我没有推花妮。说着话,眼里就盈了满眼眶的泪,骨碌骨碌滚了两行。我是想起来巷子东头的那个傻子成天披着长头发一会儿追着我们要抱我们,一忽儿又哇哇乱哭乱叫得吓人。花妮也要变成那样子吗?我哭着扭头找姥姥去了。

姥姥在走廊上,被花妮的爸爸、叔叔、姑姑、姨姨围在中间,吵吵嚷嚷的声音一声比一声高。一个很丑的护士从白的门缝里钻出个头,叫他们出去吵去,这又不是市场。那些人吵嚷的声音低了,一会儿,又高了起来。

我刚到姥姥身边,姥姥就抓小鸡般一把抓过我,气哼哼地把我推到人群中间,愤愤地说,叫娃说推没推你家花妮,你说,推没推花妮?

我咬着嘴唇,不想说。我已经说了八遍了。昨天,我跟花妮在一起玩泥巴,我们用泥巴捏了锅碗瓢盆,捏了爸爸、妈妈和娃娃。花妮说把泥巴搬到墙上耍。我说好。土墙是姥姥家的,低矮、宽厚。花妮和我喜欢在土墙上顺着走,一边走一边念儿歌:

我是快乐的小蜗牛,背着房子去旅行……

等说到"刮风下雨都不怕,躲进小屋乐悠悠"时,我看见花妮眼睛下小的坑也在快乐地抖,我就伸出了手去摸。也许是花妮笑得太猛了,我的手指刚触到花妮的脸上,花妮的身子就倾斜着要跌下去。我扯住她,她哈哈大笑,我也哈哈大笑。花妮又学着蜗牛在墙上爬,边爬边念:我是快乐的小蜗牛,背着房子去旅行,伸出两只小犄角,一边看来一边走……

扑通,花妮这次真的从墙上摔了下去。我在墙上催花妮快上来,可花妮一动不动。

昨天,姥姥和花妮的妈妈就问过我花妮咋摔下去的?

我说,她在墙上学蜗牛爬时跌下去的。

姥姥问,你推花妮了没?

推了。我是想起她摸花妮的脸时,手指头肯定推了花妮一下。

花妮妈妈对姥姥说,你听听,她推花妮了嘛。

姥姥听我说推了花妮,就急了,说,花妮是你推下墙的?

我皱起了眉,说,不是呀,她在墙上学蜗牛爬时跌下去的。

姥姥又问,你推花妮了没?

推了……

我觉得这些人真烦,就挣脱姥姥的手,又推门想进去跟花妮玩。花妮妈妈从门缝里伸出一只手推开我,叫我走开,说花妮再不跟你玩了,玩,你就把她推下墙?我这下真的生气了,而且是,很生气,我愤愤地跳着脚叫嚣,我没有把花妮推下墙!可是,没有人听我的。花妮妈妈肯定听见了,可她不理会我,她从门缝里挤出来,回头又嘭地关住门,挤到楼道里的人堆里去了。姥姥肯定也没听见我的吼叫,她被埋在喊喊喳喳的

生命的储蓄罐

声音里,一双糙手搓得哗哗响,涨红着脸,反复地叨叨,哪能啊哪能啊。那些人说,都摆到眼眉下了,还说啥?他们问姥姥咋办?姥姥蠕蠕起着干皮的灰白的唇,叨叨,能咋办?你们说咋办就咋办吧。

我看花妮妈妈走了,悄悄地把病房门推开了一个缝,趴在门缝花妮花妮地喊。花妮在病房也看见了我,也悄声唤我,咯咯地笑着说起了儿歌:我是快乐的小蜗牛,天南地北去旅游……

我们两个,一个在门外,一个在床上,玩得开心、热闹,无忧无虑。

走廊里大人们的吵嚷声越发大了。

那个很丑的护士又从门缝里钻出个头,呵斥,吵吵吵,娃娃都在一起耍开了,还吵啥啊吵。

吵嚷声倏地闸住了。我看见那些人的眼睛齐刷刷地盯着我。阳光从走廊尽头的门缝里投下一道亮亮的白,细碎的尘屑在亮光里蹦跳,上来下去,一刻不停。旋即,吵闹声又响了起来,分明地,低了很多。姥姥说,我也没钱,就是那个院子了。姥姥说完,就扯着我走出了医院。山尖上的太阳把姥姥和我的影子扯得很长,很怪,很好玩。

夕阳咕咚掉到了山后面。

回到城里后,我问姥姥什么时候回羊凹岭?我想姥姥要是回去,我就能跟花妮一起抓知了猴,捉蜻蜓、蝴蝶,摔泥巴炮。我喜欢跟花妮玩儿。花妮一笑,大眼睛下就生出两个坑,浅浅的,小小的,水涡一般,很迷人了。

姥姥长叹一声,扯扯嘴角,回不去了,没房了。

我急得问姥姥房子呢?

姥姥说,让人抢走了,一家子土匪。

姥姥说得无奈、恼火,狠呆呆的。我吓得不敢吭声,趴在纸上画了一只蜗牛,念:我是快乐的小蜗牛,背着房子去旅行……想想,又画了一只蜗牛。我说,这只是我,这只是花妮。

我请母亲吃碗面

我母亲终于跟着我走进了这家大饭店。这是一家以面食著称的饭店。我要请我母亲吃碗面。

我母亲刚刚在城里的大医院做了心脏检查。我母亲苍白、衰弱的脸上挤出一丝的笑,小心地问,要不,咱换个地方?看我低头翻菜谱,母亲又嘀咕,哪儿吃不是为个饱?这么高级的饭店得花多少冤枉钱?我母亲说,你挣俩钱容易吗?我母亲叮嘱我不要乱花钱,说家里盖房子、娃娃、上学都要花钱。

我母亲以为我经常来这么高级的饭店吃饭了。我笑笑,叫母亲坐下。我母亲拘谨的样子一下子使我想起小时候的我跟着母亲赶集时吃羊汤的场面了。那时,我也是如现在的母亲一样,拘谨、慌乱、羞涩、欣喜。那时,母亲只要一碗羊汤一个饼子。母亲站在我背后,看我吃。十八里的山路,母亲说她带着吃的。母亲的布袋里有一个凉窝头,我半个母亲半个,我们回去的路上吃。那时,我的肚子像个无底洞……

我给我母亲点了一碗面。我对我母亲说,我出去一下,有点事,一会儿面端来了,你趁热吃。母亲要我也吃碗面,说,一早到医院,跑也跑饿了。

我摇摇头说不饿,其实我是不舍得花几十块钱给自己要一碗面。转

生命的储蓄罐

第四辑 我请母亲吃碗面

身要出去时,我母亲从她手里的布包掏出块饼子,塞我手上,叫我饿了咬上两口。

我心疼地看了一眼黄瘦的母亲,接过饼子。

阳光很好,空气如刚擦过的玻璃般,明亮亮的。我吃着烟,百无聊赖地看着阳光给林荫道上打下的一朵一朵花儿。其实,我没什么事。我出来只是想让我母亲吃一顿安稳饭。我在这个城市已经打工五年了,我想让我母亲看看大饭店的环境、尝尝大饭店的饭,说到底,我就是想让我母亲也像我老板的母亲一样在大饭店里吃一顿饭。老板总是在这个饭店给他母亲设宴庆寿。老板跟我一个村,老板把我们村一起出来的几个人都请去给他母亲祝寿。老板母亲的寿宴有音乐、鲜花,有歌声、掌声,有十八层高的大蛋糕,有手掌大的金锁链……那时,我就想有一天我也要把我母亲带到这里吃一顿饭,哪怕让我母亲在这里吃一碗面。

我没给我母亲说我的心思。我担心我母亲的责怪。好在在这个城市,我母亲两眼墨黑,谁也不认识。我母亲不得不听我的。我不在母亲身边,我母亲就不会再叨叨什么了,也不会把碗推给我让我也吃点了。我心说。

街道两边绿树葱茏,鲜花葳蕤（wēi ruí）。我吃了饼子——那是母亲烙的饼子,是母亲路上的干粮,看了一会儿人流车流,又仰头看了一会儿高楼和夹在高楼间的天空。过了好一会儿,我才走进饭店。我一抬眼就看见我母亲一脸的欢喜。我不知道我母亲早吃完了。我母亲不敢走出饭店。我母亲坐在椅子上,手上紧紧地攥着她的布包,盯着门口,一动不动地等着我来。

我问母亲,好吃吗?

我母亲咂咂嘴,好吃。

我母亲又悄悄地说,这么高级的饭店能不好吃?

我在心里长长舒了一口气。我庆幸我母亲没有发现一碗面要五十八块钱,她也许跟我小时一样不管价钱,只顾低头吃饭。何况这是我母亲在陌生的城市。何况母亲的话在这个城里没有人能听懂。

我欢欢喜喜地把母亲送上车,叮嘱母亲按时吃药。我告诉我母亲她的心脏没有大问题,医生说了,只要别累着,就没事。

返回厂里时,走在来来往往的人流中,我突然觉得这个一直让我感觉陌生的城市挺好,这个世界美好无比。

第二天,我刚下班就接到了我姐打来的电话。我姐说,弟啊你真有钱,给咱妈买五十八块钱一碗的面,妈妈说她不舍得吃,拿回来让娃娃们尝个好,娃娃们吃了都要我给你打电话,叫你回来时再买些……

姐姐还说了些什么,我一句也没听进去。我骂自己粗心,忘了母亲识字。我的泪水流了满脸。我知道,从这个城市到我家,要坐三个小时的车到县城,再坐一个小时的车到镇上,再走半小时……

生命的储蓄罐

第五辑 一只陌生的排球

光

  静怡等外面静下来后才出去的。

  夏天的黄昏总是姗姗来迟,小区的夜晚也在十点以后才渐渐安静了。静怡家楼前有一大片草坪,草坪里有细细窄窄、曲曲折折的石子小路,有合欢树,有月季花。静怡喜欢这个草坪,喜欢合欢花的浓郁,也喜欢散落在草坪上的一簇一簇月季花,还有这里的安静。以前自习回来,爸爸就在这儿等着静怡……

  眼下,静怡什么都不喜欢了。包括合欢树月季花,包括这黑里的静。这静是死静,静怡想,是死寂,是死树,是死花,是死气……泪水顺着脸颊淌了下来——爸爸病逝后,静怡能给阿姨——静怡后妈的只有一个好成绩。可是,现在,静怡输在了最后的也是最高的赛场上。阿姨说,复读?阿姨说,上技校?阿姨说,你别担心学费,你上到哪儿我就供到哪儿。阿姨说这些时,小心翼翼,慢慢的,说一个字,看静怡一眼。悄悄地看。静怡知道阿姨在看她。她却故意地把脸扭到一边不看阿姨。静怡受不了阿姨的这份小心。静怡想要是爸爸在就好了。

  黑的夜里,静怡默默地走着,心里涌荡得只有失望和悲凉。今天,阿姨劝静怡去草坪走走,说以前你和你爸最爱在草坪上疯玩了。阿姨又找了一份工作,吃了饭就匆匆走了。要是静怡的成绩好,考上好大学,阿姨

生命的储蓄罐

就不用这样的辛苦了。静怡想。抬手抹泪时,手指上落下一片光。静怡没有理会,在黑的小路上慢慢走着。可是,那片薄的光分明地跟上了静怡,又在静怡眼前的草地上,照出了一小片绿的草。静怡向前走一步,光也跟着向前蹦一下。静怡慢了步子,光小精怪一样就躺在草上一动不动了。有一下,光蹦得慢了,让静怡一脚踩住。静怡没有像小时候用脚狠狠地碾,静怡小心地蹲下,捞起那片光,捧在眼前。以前,爸爸和静怡经常玩这个游戏。

静怡的泪水淌了满脸。那片小小的光在静怡眼前蹦跳着,静怡也不再理会。静怡害怕想起从前。因为从前有爸爸。静怡匆匆地跑回家,没一会儿,阿姨回来了。静怡胡乱抓了本书,把脸埋在了书里。

第二天晚上,静怡还是等楼外安静了,才出来。

静怡刚一踏上草坪的小路,就看见了一片圆圆的光,静静地躺在草上,好像专门等静怡。静怡一走,光就跟着静怡蹦跳。静怡站住不动了,光就蹦到了静怡的脚上、身上,静怡一抓,光长了眼睛般倏地蹦到草地上去了。

谁呢?

静怡抬头寻找光从哪儿照来时,光却不见了。草坪边是一幢六层高的楼房,暗的亮的窗户好多,静怡不知道这片光从哪个窗户上照过来的。但静怡知道这是一个强光手电照射的。以前,爸爸和静怡玩这个游戏时,专门买来一个这样的手电筒。

静怡和光在草坪"玩"了好长时间,有时静怡望着这片光就有点恍惚。静怡觉得"光"就是爸爸,或者,爸爸就在那光里。静怡要回家了,那光在楼门口亮的光里只能看见一团模糊的影子了,还是紧紧地跟着静怡。静怡看着那团淡淡的光,心里就有了一丝的暖。光似乎也看出了静怡的心思,轻轻地晃了晃,好像在跟静怡说再见。

静怡回到家一会儿,阿姨也回来了。

静怡问阿姨又找了个什么工作？高考分数知道后，这是第一次跟阿姨说话。

阿姨呵呵笑，说是好工作。阿姨叫静怡别担心，说喜欢现在的工作。

静怡想给阿姨说那片光，嚅嚅嘴唇，没有说。静怡突然觉得这是静怡和爸爸的秘密。

有一天晚上，静怡在草坪上正跟光嬉闹时，下起了雨。夏天的雨，说下一下就下得老大。静怡站在草坪中心的小亭子下，想那片光会不会被雨阻挡了呢？光倏地却站到了静怡的眼前。亮亮的一小片。暖暖的一小片。静怡蹲下来，伸出手，把光舀到手心，久久地凝视。静怡把那片光抱在怀里，就像小时候爸爸抱静怡一样，呜呜地哭了。

雨停了，静怡也该回家了。光蹦跳着跟着静怡一直到楼门口。静怡觉得是光把静怡送回了家。这样想时，静怡觉得爸爸真的就在身边，陪着静怡，给静怡快乐和温暖，静怡默默地把那片光看了好一会儿。

阿姨回来了。可阿姨像是刚从水里爬上来般全身湿透。

静怡给阿姨拿衣服拿毛巾，给阿姨倒热水，问在哪上班怎么都湿透了呢？

阿姨呵呵笑着，说没事没事。扔下手里的包，去换衣服了。

静怡提起阿姨的包擦拭上面的雨水时，静怡瞪大了眼睛——

包里有个强光手电。

旋即，静怡的眼泪雨水般纷纷扬扬。

生命的储蓄罐

泪水打湿了沙画

赵敏找到电视台的导演说,我会沙画,我要上达人秀。

导演说,会沙画的人多了,你能做多好?

赵敏说你看看就知道了。

导演看着倔强的赵敏,心说这女孩也太自信了,是自负吧。正好有点空闲,权当休息吧。

赵敏给玻璃上撒着沙子,心里默默地对爸爸说,我要给您画画了。一个警察,怎么就那么喜欢画画呢?赵敏记得,她很小的时候,是三岁吧,就被爸爸扯着去学画画。她不愿意。那么小的人儿有几个愿意被困在教室被老师呵斥着这样那样呢?爸爸就给她买玩具,一大堆的玩具玩腻了,她的嘴又噘了起来。爸爸赶紧又买来了零食。

想起小时的顽劣,赵敏轻轻地摇摇头,手下的沙画抹了,又抓起一把的沙子。

屏幕上出现了一棵大树,树下有一架秋千,秋千上鼓荡的是一个穿裙子的女孩,那么小那么小,而她的笑声是那么亮那么亮。是开心啊,爸爸在推秋千呢。倏地一抹,屏幕上出现了一个背书包的女孩,小手抓着旁边的大手,小裙子在风中一扬一扬的。画里的小女孩渐渐长大了,蹦跳着进了校门,回头一看,爸爸还在栏杆外站着。

三年了,赵敏梦里的爸爸一直在栏杆外站着,注视着她,微微笑。

爸爸说,放学了,爸爸接你。

爸爸的话多半不能兑现。爸爸回来,就会给她道歉,说这么忙那么忙。如今,爸爸的话就更不能兑现了。

赵敏的眼湿了。

沙子轻轻一抹,一切都消失了,新的画面又出现了。

爸爸要送她去画室。爸爸说,该去画画了。

赵敏跟着老师画山水虫鱼,画花卉鸟兽。可是,老师一离开,赵敏就把铅笔芯一截一截地刮成粉末,用手指蘸着,在白的墙上画一只大螃蟹;把墨汁用水稀释了,在玻璃上涂抹一朵花。赵敏说是黑玫瑰。学画画的小朋友都哈哈笑。赵敏却对小朋友挤挤眉眼,说声拜拜,甩着个黑乎乎的手去沙坑玩去了。没想到,爸爸没走。爸爸在大门外的栏杆后站着。赵敏一阵的慌乱,就在沙土上画开了。她诺诺地,振振有词地说,我这是沙画。

爸爸不理她,脸硬得铁板样,拽着赵敏往画室里拖。

赵敏挣着身子,说,你喜欢不等于我喜欢,你不能把你的喜好强加给我。

爸爸停下了,放开了手,一双眼瞪得灯泡样。

赵敏指着爸爸的鼻子说你是警察该知道你这是侵犯公民人身权,是精神暴力。

爸爸眉头上打个结,很痛苦的样子。好久才说,敏敏你要是真的不喜欢画画就算了,爸爸是觉得画画挺好。怎么说呢?它能让你快乐,让你安静,让你体会到生命的美好和神奇。爸爸还希望你以后不管干什么工作,都不要丢下画画,没想到你这么不喜欢。

爸爸说得太煽情了。赵敏觉得。以后,她真的不去画室了。老师找上门来,说你不画可惜了。赵敏低着头不说话,老师的话让她觉得可笑,

生命的储蓄罐

是比爸爸的还要煽情。老师说,赵敏你在画画方面有灵性,你的悟性比别的学生都高。赵敏哪里能听得进去。说出的话,泼出去的水,哪能轻易就收回呢?那样的话,爸爸不嗤笑才怪呢?

赵敏说,真的不喜欢画画。

可是,做完作业,看书累了,她听着音乐,手里的笔就会在纸上画。似乎是,画几笔,真的如爸爸说的,心里的郁闷就消解了就开心了。有一天,她心说还是在画板上画有意思。一拉开柜门,赵敏就看见了画板画笔颜料。它们静静地整齐地待在柜子里,好像是,就为了等候赵敏。赵敏看看爸爸的卧室,嘴角撇了撇,心说你就是职业病,多管闲事。赵敏哪里能想到爸爸真的"多管闲事"去了,因与一名小偷搏斗,再也没回来。

大屏幕上出现了一条小河,小河的水潺潺湲湲,鱼儿在水里游泳,白云在水里飘浮。河的左岸是一本"大学录取通知书",河的右岸是一张"因公殉职"的通知……

赵敏抓握着沙子,眼泪扑簌扑簌滴在沙画上。

沙画上溅起了一片的黑湿。

导演拍着手,说真好,你的沙画是有感情的画。沙画如人生,人生如沙画,曾经的哭泣和欢笑、挫折和荣誉,转眼就没了,留在心里的,就剩了那些感动。

赵敏说,我的这幅沙画叫"父亲",是为了告慰牺牲的父亲,我没有丢下画画,今天不会,以后,也不会……

(补记:这是一个真实的故事,如果故事里的女孩看到了这篇文字,我想对她说声祝福,希望她的生活如她的沙画一样,用自己的双手创造出一片美好天地。)

一只陌生的排球

张红是初三快毕业时转学来的。

张红来了后,袁雪亮就不再是女生的中心了。

袁雪亮学习成绩好,同学爱戴,老师宠爱,她的内心就骄傲得不得了。给同学讲题,或者收发作业本时,说着话,就不耐烦了,就皱着眉头,把手里的书当成了扇子,哗啦啦哗啦啦,扇着,还大呼小叫,懂了没?到底懂了没?笨死了。同学若还是不会做,她的嘴里就会咕哝出一大串动物名字,猪狗猫驴马牛。同学羞得脸红脖子粗,也没奈何,还得赔着笑脸。袁雪亮是班长,谁敢得罪她?由着她骂吧。

张红来了,班里的格局一下子就发生了错位、移动、重新组合。张红学习好,作业按时完成,袁雪亮拿不住人家,况且,张红带来了一个排球。

袁雪亮没见过排球,同学们都没见过排球。体育老师的宿舍床下有颗篮球,上体育课也不拿出来让学生玩。张红刚把排球从网兜掏出,同学们就呼啦啦把她围了起来。

正是课间操时间。跟袁雪亮一起玩沙包的同学一个都没了。都跑到张红身边看排球去了。袁雪亮抓着手上的沙包,瞅了张红一眼,咬咬槽牙,扭脸走进了教室。

袁雪亮坐在教室里等着上课。

生命的储蓄罐

100

袁雪亮知道她的风采在课堂上，在难题上。课间操后是一节几何课。袁雪亮那节课的反应让老师惊讶，是欢喜，按捺不住地夸奖她，用尽了好听的辞藻，翻来覆去的，几乎是，唠叨得过分了，反复地叫同学们向袁雪亮学习。

可是，一下课，袁雪亮就蔫了。她的磁场不能把同学们吸引到她的身边，她又不愿向张红和她的排球走去。她坐在课桌前，翻看一本书，眼睛盯着书，耳朵却一下不漏地捕捉着教室外的动静。教室是土坯房，同学们在土院子的打闹玩笑，很清晰地就传了过来。袁雪亮就有点恨那些同学，当然，还有张红。他们，她一个也不想理会了，谁要问她作业，休想。袁雪亮抛过去的是长了刺的狠话，蒺藜（jí lí）核般，石子蛋般，砰砰砰，砸得同学们也气恨，也气馁，是有些无奈了。作业不完哪行？末了，还是涎着脸去讨好袁雪亮。袁雪亮等同学把好话说尽了，她才从她的孤独的深处走出来。怎么说呢？也委屈，也郁闷。给同学讲着题，也没了前些日子的骄傲和开心。她知道，讲完题，他们，就会去找张红了。

袁雪亮想张红来问问题就好了。可是，一直的，她等得山高水长，云散水流，都没有等上张红来。原来是，张红根本无所谓作业的完成，是不在乎成绩的好赖。张红说，中考完，就上体校。袁雪亮听到这一消息，就更气闷了。没来由的，头上像是被罩了个罩子，压抑、难过，竟然，失眠了。

老师看到袁雪亮的状态，萎靡、恍惚，有时又莫名的兴奋，就着急得不行。中考就要到了，袁雪亮是老师手里的一个宝啊。老师找袁雪亮谈话，问来问去，袁雪亮低着头，不说话，脚尖在地上哧哧地划出一道道白的印子。院子里张红跟同学们的玩闹声挤了进来，是太热闹了。袁雪亮听着，突然想哭，她真的就哭了。眼里掏出一面井一样，泪水咕嘟咕嘟往外冒。

有一天，张红的排球穿过洞开的窗户打在了袁雪亮的课桌上。张红热气腾腾地跑进来，连声地说着对不起。袁雪亮手里抓着排球，竟不知该怎么办？张红也不要球，拽着袁雪亮，说，玩儿去吧，老做老做，有啥意思?袁雪亮心里咯噔一下,随即,就是一片空白,她不知道怎么应付张红了。就一闪,躲开了。抬眼看见张红白的牙,白的脸,眼睛也大,黑亮黑亮的,漾着水般好看。

张红说,别做了,玩去吧。

张红说得诚恳,好像是,恳求了。袁雪亮觉得胸口有些东西在轰然坍塌。她心里还在骄傲地拒绝着,脚却跟着张红到了院子。原来,她是一直等着张红来叫她。袁雪亮抓着排球,心里揣了只小兽般,嗵嗵嗵地欢喜了。

打完球回到教室,袁雪亮从本夹里抽出一张粉色的信纸,带香味的那种,给张红。这种带香味带颜色的信纸,是从镇上的商店买来的。镇上南街的拐角处,有一个小商店,店里全是学生用的东西。星期天,写完了作业,袁雪亮会跟了同学去那里。很多时候,也是看看。看看,也高兴。一个带卡通图案的小本,一个变幻图案的塑料尺子,她们就大呼小叫地惊讶,推推搡搡地挤着看。

张红接过袁雪亮的信纸,给了袁雪亮半块带香味的橡皮。袁雪亮知道,这种橡皮叫糖果橡皮。袁雪亮看见张红的文具盒里还有半块,她的心莫名地欢腾了起来。她喜欢这小小的半块。要是张红给她一块,她肯定不会要。

张红看着袁雪亮,突然说,雪亮你真好看,跟电影明星一样。张红说着就把一面小镜子给袁雪亮看。小镜子的背面是八十年代一个电影明显的大头照,笑吟吟地望着她。袁雪亮知道自己没有人家明星那么好看,可她听张红这么说她,她心里就欢喜得不得了。她跑到太阳下,找着阳光,用手里的小镜子把阳光反射到张红的脸上身上。

袁雪亮看见张红的脸上身上开了一朵又一朵明亮亮的花。

袁雪亮咯咯咯笑得好开心。

袁雪亮觉得自己好久都没有这么开心地笑过了。

第五辑 一只陌生的排球

收发员老发子

  老发子跨出门槛时,老婆的号哭镢头般咣咣地镢在他的头顶。门口槐树上的一群灰雀儿呼啦啦飞到了天空。太阳明亮。老发子觉得太阳太亮了,刺得他眼睛睁不开。揉揉眼,却揉出来满手心的泪。

  老发子又揉了下眼睛,扑跶扑跶朝村委会走去。他是村里的收发员,报纸和邮件来了,都是送到他手里。报纸,他就给夹到报夹里,一张一张,按照时间顺序,展展的整齐。信和汇款单,他会一刻不耽搁地给人送去。村子不大,可住得散,沟沟岔岔里,这儿一家,那里一家。一封信,有时来来回回要走一个多小时。接到信的人先不看信,先拉着他让他坐,给他倒水,挖一勺白糖搅上,他紧赶着喊别放糖,人家还是放上了,双手端给他,说,也不急,哪天路过捎来就行。他说那哪行?万一有急事。也顾不上喝水,抿一口,就走了。有人过来看报纸哩。

  眼下,他已经七天没去了。七天,他觉得自己过了七年七十年。人们看见老发子的背一下子驼了,脚上套了十斤重的鞋子般,走得沉闷、滞重,扑跶扑跶,扑跶扑跶。背驼了,头就不由得向前伸,眼睛直愣愣地看着前面,也不知道看到了什么。有人跟他打招呼,他也好像没听见,背抄着手,只管走,扑跶扑跶。

  他的儿子死了。头天晚上还好好的,还到他屋里跟他坐了一会儿,给他扔了一根烟,打开打火机给他点了,第二天早上就死了。早晚凉了,穿暖点。儿子一只脚搭在门槛上,回头说。儿子黄瘦的脸被惨白的灯光照得水样清寡。他当即怔了一下,不是愣怔儿子的那句话,是那张脸让他一晚上都没睡着。水样清寡的脸在门口一闪,不见了,转眼又来了。这娃。

　　开了收发室,他看看表,时间还早。送信送报的老薛还没来。老薛对他有意见。老薛不想天天送书信报纸,想隔一天送一次,说天天送,麻烦。他不同意,说万一有个信耽搁了呢?老薛气得说哪能天天有信?都手机电脑了。他还是不答应,说就是个报纸也得按时才好。老薛只好天天来,来了黑下眉眼扔下几张报,让他签了字,没多余的话,滴滴按两下摩托喇叭,冒一团黑烟,跑了。就那么几张报,也就是蔡纪子看。蔡纪子天天来收发室,看一会儿报,跟他扯一会儿闲话。说的都是报上看到的。有什么政策了,中央省里开什么会了……蔡纪子说,他听。他很多时候也不听,还烦蔡纪子唠叨个没完。家里一堆的焦事,他哪有闲心听蔡纪子云来云去?

　　可是,眼下,他想见蔡纪子,想跟蔡纪子说说话,听蔡纪子天南地北地扯。以后,怕是没有机会在一起了。他什么都不想干了。干那么多有啥意思?

　　半屋子的阳光,静静悄悄的亮。细小的尘在亮里蹦,也安静,也喧嚣。

　　往常这个时候,蔡纪子早都看完一张报了。该来的不来,不该走的倒跑得风快。他默默地拖了收发室的地,把楼道也拖了,把桌上报夹上的报纸整理好。谁来接管,干干净净的也好看。他见不得土灰尘尘的样。他希望接管的人也能像他一样,把这里打扫干净。报纸书信应该放在干净地方。五十二年了,也该辞啦,蔡纪子不是早想挣这份钱了吗?

　　土尘飞了起来,呛得他弯腰咳了好一会,抹一把脸,黑糙的手上满是湿。

生命的储蓄罐

老薛刚进门,蔡纪子也来了。他们商量好似的,前后脚跟着。好几天没看见他们,老发子眼里竟有些潮。多大岁数了还这么眼软。背过身,悄悄抹了。叫他们坐,手抖着给他们倒水。

老薛平常总是急火火的,今天,看上去倒不急。正好,还有话要跟他说。老发子说,最后一次了,再来,该是个新手接待你了。

不干了?老薛和蔡纪子都疑疑呆呆地看着他。

不干了。

娃的头七不是过了吗?

过了。

你要想开些,一家子人还指靠你哩。

是哩。

还有孙子哩。

可不是。老发子再也忍不住,七天了,他没有在人前掉过一滴泪,可是在这儿,他干了一辈子的收发室里,他哭得跟个娃娃一样,抹着泪说,我这家全靠儿子哩,老天把他撅走了,是抽了我屋的一根大梁啊,让他把一家子撂给我这六十多的人就是要看我的笑话哩,我还能活几天?

想开些,生死簿子没老小。老薛劝他。

活一天也要活出个样样来,娃有病,走了也不受罪了,你老发子一辈子好人,老天会怜惜好人哩,照我说,你不要停了这儿的活,多少总是个贴补。蔡纪子把一张报纸摔得哗哗响。

老薛说,要不我把报送你家。

蔡纪子说,不用,老薛你来了找我,我帮着收发,我一天也是闲着。

老发子说,你干就行了。

蔡纪子说,我干也行,可你得天天来这陪我说话,我就爱跟你说个话。

老发子看着他们,嚅嚅嘴,又哭了。

蔡纪子和老薛就笑他像个女人家哭个没完。老发子抹了把脸,看着他们,挤出一丝的笑。

中秋的太阳照在老发子的脸上,也照在老薛和蔡纪子的脸上。老发子觉得这阳光真明亮,真暖和。

夏 日 午 后

其实,那是一个很平常的夏天。充斥在我们身边的是知了、蒲扇、黑深的门洞和躲在门洞里不知疲倦地玩耍。只是那个夏天里,我们的玩具由羊拐、石子、瓦片、沙包,多了一样——一副棺材。

二红家有一个很大的门洞。我家没有。我家低矮的土墙上夹着两扇柳树枝编的门。小惠家也没有,她家跟我家一样。蛋女家的院子是一个"烧瓦场"——村人对没有院墙的称呼,更别谈什么门洞了。那时,村里有门洞的很少,二红家算一个,而且是最大的。二红家不但门洞在我们村数一数二,她爸的胖在我们村也是数一数二。二红妈却很瘦,又瘦又白。二红的鼻涕总是吸溜吸溜往下淌,说一句,吸溜一下。不说话,就挂着两行。我说,二红,你爸卖粉条,是不是都是你漏的。小惠、蛋女都笑。二红说不是呀,我咋会漏嘛。你可会了,你看你都漏了多少呀。说完,我就哈哈大笑。二红醒悟过来,不好意思,抓一把鼻涕抹在墙上,说,你们等我一下。

我们知道，二红又去给我们拿好吃的了。我们一说她的鼻涕，或者不愿意跟她玩，她就给我们好吃的，几颗花生、一把炒豆子、两掬爆米花。有一次她竟然捏着两片肉出来了，惹得我们直流口水。她给我们一人分一口，肥肉咸咸的，油油的，好吃极了。可是，这次二红没拿来好吃的，她说，我妈睡着了，跟我来，带你们看个东西。

二红带我们来到她家的东厢房。东厢房很小，墙角堆着铁锨、木锨、铁耙子、粗绳子，两个土筐，一个破旧的木箱子。

她说，看，这是啥？

棺材！在门后靠墙放着一具棺材。我瞪大了眼睛，不敢看，也不敢动。

我们不再害怕时，就在棺材上玩过家家，玩丁丁脚，玩挑棍子。我们都觉得在棺材上玩耍挺有意思。有一天玩累了，我说，打开盖子，看看里面有啥。她们几个不动，说不要打开，怕哩。我说有啥怕的嘛。我们就抬棺材盖，费了好大的劲，挪开了盖，一股冰凉的气息夹杂着淡淡的木头的香味迎面扑来。木纹清晰的如画上去一样，一道一道，曲里拐弯。我说，谁敢进去一下？没人说话。我说，胆小鬼。抬腿正要进去，东厢房的门推开了，一伙人拥了进来，叫我们出去耍去。

棺材被抬到了院子里。

院子的阳光正毒，照在白白的棺材上，晃得人眼睛都睁不开。二红妈坐在阳光下哭号。二红吸溜着鼻涕，吓得躲到了她妈妈背后哭。有人给她头上缠了块白布。大热的天，二红头上缠着白布，鼻涕吸溜得更欢了。

巷子里挤满了人，就连瘫在床上多年的五奶奶也让人背了出来，个个脸上挂着笑，叽叽咯咯叽叽咯咯，说笑打闹得跟正月里看社火一样。

二红爸死了，让车给轧死了。

二红爸要账要美咧，把自己先装进去了。有人在巷里说，笑呵呵的。

就是，要账要什么不行，要人家的棺材啊。

闲言碎语像地里的玉米苗,黑压压一片。

再见二红时,是她爸爸出殡那天。她拉着长长的缠着白纸的孝棍,头上缠着白白的孝布,一身孝服也是又宽又大。

送葬队伍中只有二红妈高一声低一声地哭号。二红不哭,拉着孝棍,鼻涕吸溜吸溜的,跟着队伍,低个头,默默地走。

我叫了声二红。

二红的身子抖了一下,抬起头,迅疾地瞥了我一眼,脸通红,两行鼻涕吸溜吸溜着,不吭气,倏地又低下了头。

从那以后,二红再不跟我们玩了,我们也再没到她家的门洞里去。那个长长的夏天过后,开学了,二红还是不跟我们一块玩。放学铃一响,她总是第一个冲出教室。等我们出来,她早没了影子。我们都不知道,二红为啥不跟我们玩了。我们都想跟她玩,想她吸溜着鼻涕,给我们拿来的花生爆米花。二红却离我们越来越远,从我们的身边,没有制造出任何的响动,就没了踪影和消息。

多年以后,我不明白二红爸爸死了,村人为何那样的兴奋。

我问母亲。母亲说,谁让他那么有钱?

有钱咋哩?

母亲就笑我多大个人了,还不明白世理。

那二红咋也不跟我们玩了呢?

母亲说,这我可不知道,你得问二红。

我当然不能问二红。二红小学还没上完,就停学了,后来,嫁到了很远的一个村子。望着太阳下的桐树,我想,难道一个人也如一棵树一样,某个时候,被虫子蛀蚀了,留下一个疤结,或者,突然被风吹刮歪了,即使以后竭尽全力向着原来的方向,也是无奈?如果现在见到二红,我问她这些问题时,她还会像以前一样,把鼻涕吸溜一下,再吸溜一下,然后红着脸,嘿嘿笑。她会吗?

敲铜锣的孩子

初冬的太阳青白冷寂地走到头顶时,铜锣黄亮的声音在羊凹岭的巷里响了起来,咣,咣,咣。正在玩耍的孩子嚷嚷着,耍把戏的来了。羊凹岭的人把耍杂技唤作耍把戏。

敲铜锣的是个十二三岁的孩子,宽大的棉袄随了胳膊的摆动,像罩了个罩子般硬撅撅地晃,裤子却短,黑红的脚腕露了半截。他看上去也不冷,额上冒着汗,把一面铜锣敲得嘹亮。

戏台子下蹲的站的来了好多人。冬闲,人们都出来看个热闹。

开始演出了。都是十来岁的孩子,已经脱了棉袄棉裤,光着脊背,只穿条灰白的单裤子,在一个黑脸大汉的指挥下,钻火圈,骑单车,抛大缸……

表演顶尖刀的是敲铜锣的孩子和黑脸大汉。一把亮闪闪的尖刀顶在那孩子的脖子下,另一头的尖刀顶在黑脸大汉的脖子上。一旁的铜锣皮鼓霹雳啪擦,敲打得紧紧慢慢。看热闹的人心也跟着紧紧慢慢地乱扑腾,就见那黑脸大汉和那孩子顶着尖刀,伸开着两臂,一步一步转着圈走得缓慢,沉重。只见那孩子的脸涨得紫红黑亮,眼睛瞪得溜圆,眼珠子快要蹦出来般,凸出了眼眶。亮的尖刀已经深深戳进了他的喉里。细的棍子一点点弯曲,弯曲……终于,在一阵急促的锣鼓声中,在人们的唏嘘中,棍子咔嚓折断。那孩子和黑脸大汉慢慢收了气息,微微笑着向一周的人们鞠躬致意。

人们看着那孩子,顺出一口气,旋即就嗷嗷地叫起好来。人们是没想到这小小孩子,黑黑瘦瘦的,还有这般好的气功。有胆大的娃娃悄悄走上去,想摸那孩子的肚子。那孩子故意将肚子鼓得老大,等娃娃们小心地刚碰到他的肚子,他忽地瘪了下去,吓得娃娃手一弹,倏地缩回。那孩子就嘿嘿笑,一旁的人都嘿嘿笑。

锣声又响在羊凹岭的巷子时,敲铜锣的孩子开始挨家挨户地收粮食了。

羊凹岭人看耍把戏,都是给一点粮食。

那孩子见了门,不进去,站在门口把铜锣敲得响亮。屋里的人听见了,就会拿出两个馒头,或者一个南瓜三五个红薯,或者是,一瓢麦子三四个玉米穗,反正是,家里有啥,就给点啥。那孩子见人拿了东西出来,就不敲了,鞠一下躬,翻过铜锣,接了粮食。出了门,他把铜锣里的粮食装到一只灰的布袋子里。

走到二豁子门口时,巷里闲坐的人使着眼色不让那孩子在二豁子家门口敲铜锣。二豁子没有男人,一个寡妇扯着七个淌鼻涕的娃娃,日子过得烂抹布样皱巴。况且,凭着二豁子的性格,她能给你一口唾沫一顿斥骂,还能有什么?

那孩子看着人们给他挤眼扯嘴的,以为人家跟他开玩笑,他也朝人们挤眼扯嘴的逗闹。笑闹中,就站在二豁子门口把铜锣咣咣地敲响了。

筛晃着一头枯草样乱发的二豁子看见那孩子手上捧着锣,站在当门口,脸上就黑下一层,噘着嘴,不耐烦地摆着手,走走走。

那孩子却不走。

二豁子看那孩子的黑眼睛溜溜地瞪着她,短的头发硬撅撅地直愣愣,就有点可笑。

生命的储蓄罐

你要给我当儿子,我把你这布袋子装满。

那孩子不说话,也不走。

门口看热闹的人哄地笑了,都说留下吧,给二豁子当儿子吧。

捧铜锣的孩子还是不说话,笑笑,把铜锣往二豁子脸前凑。二豁子看见铜锣喑哑的光映出那孩子一张谦卑的倦容,抬眼就看见那孩子的眼神也清明,也倔强,好像是,还有点忧郁。二豁子的心莫名地疼了一下。

这娃。二豁子拍了拍那孩子的头,轻,而且柔。

有人说,做她娃多好,省得你跟个讨饭的一样可怜。

那孩子突然敲响了铜锣,咣的一声,响亮,突兀,也寒凉,冰块般撞向每个人。人们一个哆嗦,还没回过神来,那孩子缓缓地说,我不是讨饭的。说着,一手提着铜锣,一手把布袋子猛地摔到肩上,在人们的一片惊叹中,走了。

那孩子走了好一会儿了,木槌撞在铜锣上的声音,当当当,还清凉凉地响在二豁子的耳边,细碎、纷乱。

这娃,脾气还挺大。

嗤,再大也是个耍把戏讨饭的。

别说了。二豁子突然大吼一声,白白黑黑的碎语刀切般没了,人们瞪着二豁子,不明白她好好的,咋就生气了。

二豁子从裤腰里摸出一个黑灰的手绢,抽出五角钱,用手绢包好,又塞到腰里,一手抓了三四个玉米棒子,踏踏地跑了出去。人们面面相觑,抬头看天,讪讪地,天要变了,好像是。

人们撵着二豁子时,她已经往回走了。敲铜锣的孩子在她身后咣地敲了一下铜锣,又敲了一下。人们看见那孩子的手上捏着一张皱巴巴的五角钱。过了一会儿,那孩子提着铜锣还在那儿站着。

夕阳红亮,将干黄灰白的羊凹岭涂染得明亮,又温暖。

老刘的心愿

从井下爬上来洗了澡后,同伴叫老刘去喝酒去,说大冷的天,喝两盅,暖和。老刘不去,老刘说这天,坐电影院看电影才好。

同伴嬉笑他瞎花钱,说电视上也放电影。

老刘说你们知道个屁,要一样,还要电影院干啥?说完,他就扭屁股向电影院走了。

怎么说呢?老刘从小就爱看电影。那时,只要听说有电影,本村的,外村的,翻山也去,蹚水也去。是没少看电影。在城里剧院看的第一场电影,老刘是跟老婆去的。说起来,老刘就觉得也好笑,也内疚。跟老婆第一次见面,媒人介绍过后,就叫他带着人家姑娘去转转。他知道媒人的意思,就是带人家姑娘到城里买东西去。可他手里攥了父亲给的五块钱,八十年代的二十块钱,不算少了,可还是买不下一件衣服。他说要不咱去看场电影吧。他早听说城里的电影院有软皮座椅,有红绒帘布,有回旋的音响,而且是,没有雪花点,也不会断带。村里的电影,放着放着就是满眼的雪花点闪,要么就是一片黑了,常让他气得跳脚。姑娘竟然同意了。坐在电影院里,老刘欢喜得不行。简直是,迷恋上电影院了。当然,迷恋的还有身边的姑娘,他后来的老婆。黑的影院里,他悄悄地握住了姑娘的手。

刚来城里那些日子,他好久都不敢到电影院门口看一下,走路,也有意地避开。不是没时间。一个收破烂的,时间都在自己手里攥着。一张票五十块钱,他一个月的房租呢。要不是后来在一家物业打工,多挣了一份钱,老刘哪敢去电影院看电影啊。

那天,老刘骑着三轮车正在小区转悠,三轮车上的电喇叭"收破烂"呜哩呜喇地高歌猛进,是嘈杂了。他就被带到主任办公室。主任说盯你不是一天两天了,说小区不允许噪音你不知道?老刘怎么不知道?可怎么能说知道?主任顾不上跟他理论,说要么交罚款五百,要么给他们掏一次下水道。老刘说你这哪家的政策?

话是这么说的,就是五块老刘也不舍得出。老刘哪能想到,掏了一次下水道,就留在物业公司干起了物业工。其实,就是疏通上水道和下水道。

现在愿意干这活儿的人不好找,主任为了留下他,就照顾他没活儿时,可以自由支配。他欢喜地向主任保证,随叫随到。从此,老刘就有了两份工作。渐渐地,手上也攒下几个钱。有了钱的老刘做得第一件事就是到电影院看了一场电影。从此,老刘每个月总要看一场电影。老刘看电影不挑剔,他是遇到什么就看什么。老刘是喜欢电影院的这个气氛。怎么说呢?窝在软椅里,看着电影里的吵闹哭笑,老刘的心里就有了说不上来的欢喜和悲悯,是一种享受了。

老刘买了票,找到小放映厅,也没看自己的座位号,径直走到前排坐下。老刘觉得坐在第一排好。怎么好呢?音响真,画面清,是怎么都好。好几十块钱的票,不坐第一排,老刘觉得有点亏。可老刘刚坐下,就想起儿子说的话来。

昨天,老婆让儿子给他捎来些包子和咸菜。儿子要走时,老刘喊住了儿子,叫儿子再想想,说,干这活儿虽说是苦点脏点,倒也没多累,工资可高,比你干酒店保安多挣好多。老赵是想让儿子接他的班,他老了,上井下井腿脚都不利索了。

儿子僵着脸,硬邦邦地说挣再多我也不愿意,成天的钻下水道,泥泥水水不说,身上还沾染一股臭味。

老刘举起自己的胳膊放在鼻下嗅,又让儿子闻,说哪有味?有啥味?穿工作服,干完活就洗澡,有啥味?

儿子翻他一眼,说你还能闻出来香臭了?你那鼻孔都让臭味占满了。

看儿子要走,他又劝儿子再思谋思谋。

儿子扭头摔下一句话,讨饭我也不干你那活。

坐在电影院的老刘想起儿子的话,就歪着脖子,耸起鼻子,悄悄地,左肩上闻了,右肩上又闻,然后,又把手举到鼻下,使劲地闻。好像是,真的有那么点味道,再一闻,又没了。他扭头看四周时,才发现自己身边没一个人。小的放映厅里只有十几个观众,却都坐在后排。老刘觉得也许人家跟儿子一样,是闻到他身上的臭味了?再看那些人时,老刘觉得人们都捂着鼻子,嫌恶地瞪着他。他再也坐不下去了。

老刘贼样踮着脚溜出了电影院,想起马上就要开演的电影,心有不甘,就又踅摸进去,悄悄地找个没人的角落,轻轻地缩着身子坐下。坐也做不安稳,一会儿就要扭头看看一旁的人。一会儿,又举起手举起胳膊闻闻。也奇怪了,那气味好像有,又好像没有。老刘真想找个人帮他闻闻,到底是,有没有臭味?老刘苦恼极了。

一场电影,看得老刘比从井下爬上来还要乏累。

刚出了电影院,主任打电话问他在哪儿?他想给主任说不干了,为了看电影多挣两个钱,却沾下一身的臭味不能进电影院,还不如干别的去。可是,干什么好挣钱呢?而且是,还得有点闲时间,能让他看看电影呢?老刘的心上压了石头了。

电话里主任催他腿脚利索点,说五栋三门六楼的下水道堵了,好几

生命的储蓄罐

个人去了,干不了,都说得叫你,还是你的两把刷子硬啊。

老刘急匆匆地往小区赶时,还不时地抬起胳膊左边嗅了嗅右边,他是不信气味有根长脚了,还能长到身上?

领子是厨师

领子没想到有一天他会因了长相找下工作。

那天,领子刚到城里,太阳已经挑在了西边的山尖上,肚子饿得咕咕响,三叔又找不见,他给三叔打着电话,走进了路边的一个饭店。吃了饭,撂下饭碗,就看见三叔从饭店门口走过。三叔在建筑队的食堂做饭,说是给他说好了到一家饭店打工。领子嗖地一下就冲了出去,三叔却说明天再说。三叔说,明天,还是这个地方。三叔指着饭店说,李刚饭店,你记住,我们在这里见面。

领子在李刚饭店等了三叔三天没见到三叔。

第四天领子又坐到李刚饭店等三叔时,李刚坐到了领子对面。

李刚问领子喝点酒?领子心里有事,又不认识李刚,黑的眉眼跳了一下,摇摇头,没吱声,只把右手放在桌上,中指点着桌子,哪——哪——哪——一下一下,不疾不徐。

李刚看着这个长得跟李逵有一比的家伙,还有那手,耙子样,那脊背,磨盘了,他的心就扑腾扑腾吊在了半空般跳得没了规矩,脸上的笑容却像花儿一样开得无比灿烂,下巴一扬,叫小丽拿来菜谱,点了好几个菜,说要跟领子喝两杯,说人在江湖,烟酒不分家,早想跟你老兄认识了。

领子说我没工夫。

李刚说,吃饭不误砍柴工。

领子说,我真没工夫。

李刚说,大哥开玩笑吧,你连着三天来我这吃饭,一坐就半天,还说没工夫,是不愿交我这个朋友吧。

领子说我等人。

李刚给领子倒上酒,说咱边吃边等啊,你能在咱这小店吃饭,是我们的荣幸哩,我还想请你来我这里帮忙。

领子来城里好几天了,找不见三叔也没找下工作,心里正泼烦得要死,听李刚这样说,当下就叫了声好,说我学了厨师,有证。领子把他的厨师证掏出来给李刚看,李刚看了一眼就推给领子,说你叫领子啊,我看还不如叫愣子,二愣子,多好。李刚说,我这厨师有了,你做饭店的保安经理吧。

领子说,我是厨师。

李刚说,那就任后勤经理兼保安经理吧。

领子说要干就干厨师。

李刚说好,只要你留下,想干啥干啥。

李刚叫店里的员工唤领子"大哥",说从今天开始他就是我们的大哥。

领子说我是厨师,叫我厨师行,叫我领子也行。

李刚说,别领子袖子的了,就叫大哥。李刚告诉领子店里不缺厨师,嘱咐他先在吧台上支应几天,说,你坐这儿,看哪个敢惹咱?

领子不坐,说,抬头看路,低头干活,干好本分,才算本事。

李刚说,那是自然,可人要让你本分不成呢?

领子说,那要看事,忍一时海阔天空。惹下事,谁的日子都不得安宁。

领子眼看着日头一天天来了走了,想起师父说过的话,一天不练手脚慢,两天不练丢一半。他就在吧台边支了案板,摆了肉,噌噌地切片切丝。客人看那刀下切得也细致也匀称,就叫他表演刀工看。领子就给案板上铺了白布,在白布上切肉丝切面条。谁也没想到面容粗糙黧黑、个头彪悍威猛的领子手下的刀工却跟绣花一样,精致得让人刮目,切、片、剁、劈、拍、剖,都做得娴熟、精到。客人说,这哪是做饭啊,简直是表演,是力与美的表现,心与手的结合啊。

李刚看着客人因为看领子的刀工,天天爆满,想起当初留下领子是看中领子长得一副凶狠相,想让他撑门面的,就感叹,无心插柳啊。

有一天,半上午,不是吃饭的时间,门口呼拉挤进来一个人。是街上的王老三。也不进来,歪在门框上,笑嘻嘻地说李刚该交费了。

李刚说啥费?

李刚知道王老三来要保护费了。一条街上的商铺都给王老三交所谓的"保护费"。

王老三就哈哈地笑了,噗地点了一根烟,叼在嘴上,说李老板是贵人多忘事啊,没咱弟兄罩着,你的生意能这么红火店能这么太平?说着话就把一把刀子拍到了吧台上。

李刚说,老三你还不知道吧,我这店转让了,就是他,我大哥。李刚指着领子。

领子面无表情地看看王老三,点点头,黑下脸来把手里的刀在案板上咣一声劈了下去。偌大一块骨头,咔嚓,劈开了。领子又换了尖刀,左旋右转,骨头上的肉剔得干净,甩手又换了把宽面的快刀,把剔下的肉片成薄如纸的肉片,捡起一片肉,手指上一转,放盘子。白瓷的盘子就开了一朵鲜艳的花。领子把盘子端到王老三面前,说不好意思王哥,忙,没顾上招呼你,这盘"富贵牡丹"您品尝一下?

王老三看着黑塔样的领子噼噼啪啪把刀子耍得缭乱,心下早想走了,只是抹不开面子,龇牙嘿嘿笑,哆嗦着接了盘子,放到桌上,喊领子大哥,说要跟大哥交朋友。

领子给了王老三一个手指尖,说,不敢,我是厨师。

王老三讪笑,说大哥以后有事就招呼老弟一声,这条街上,我保证,没人敢惹大哥。

领子用刀工吓退了王老三,李刚佩服得不行,叫领子入干股,又嚷着要给领子分红。领子嘿嘿笑说算了吧,我只想本本分分地挣钱。他不叫李刚唤他大哥,可大哥这个称号已经由王老三传出去了。

从此,领子成了李刚饭店的大哥,也成了这条街上的大哥。只是领子还在案板前给客人表演刀工,一招一式,都做得有板有眼。

麦　季

生命的储蓄罐

吃晚饭时,爸说,我腰疼得不行,你替我看场去吧。

我不吭声,自顾耷拉着眉眼吃饭。

爸看了我一眼,啵,筷子敲在碗沿,又蹙着眉说,半大小子了,该替换替换我了,看人家大斌子,长得横有竖有的,接上他老子的力了,不上学,一天能挣好几个工。

我还是没说话,可我听出了我爸话里的黯然、无奈,恨铁不成钢的样

子。后来,只要一想起我爸,我总是会想到多年前他对我无奈的样子。穿越时光的尘埃,扑面而来,让我莫名的心疼。

大斌子,那时也是十七八岁的年龄,长得却壮实,是如我爸说的,横有竖有,一副大人的模样。吃了晚饭,我去喊了大斌子,捏了手电筒,去麦场。

麦场在村子的西边,麦场矮的土墙外就是麦地,一片连着一片,朦胧的夜色里,也空旷,也饱满。风从树上掠过,簌簌响。小虫子在土里,唧唧叫。一世界的安静。经了一天的日晒,麦秸垛和麦地散发着一种好闻的气味,热烈、干燥,青草和新麦的香很浓了,让人感到莫名的欢腾。

马灯下,大斌子掏摸出一把旱烟和几张窄的纸条,说吃烟。我卷来卷去,卷不成。大斌子瞥我一眼,骂我笨,就把一根粗大的烟卷塞到了我手里。现在想起,我的抽烟是从那晚开始的,第一颗烟是大斌子给我的。月亮出来了,我看见大斌子嘴里叼着烟,微微蹙着眉,学着大人的样子,猛地吸一下,忽地吐出一团白的烟雾,很享受的样子。我只一口,就喀喀地咳嗽了半天。

大斌子就笑,笑得肆意、畅快,手一挥,叫我走,说地里摘个天鹅蛋吃。天鹅蛋,就是甜瓜。那时,我们这里常在麦地里套种。

麦地里,没运到麦场上的麦捆子,月下,个个站得小学生般老实、呆板。突然,我们听见了剪麦穗的声音,嚓嚓,嚓嚓,迅疾,慌乱。

我一下就慌了,脖子木头般僵硬得不能动,双手却紧紧地揪住大斌子的胳膊。

大斌子不叫我发出声响,倏地摁亮手电。一束光在晦明的月色下,虚弱、含糊,却照亮了那人。

竟是老王头。

月亮银白水样明,老王头讪讪地,手遮着眼睛,说,没动麦捆子,就捡点麦穗。

大斌子仰头看看天,哈哈大笑,是捡麦穗的好时候,不热。

我想劝大斌子放过老王头,别让队长来了看见。大斌子不理我,踢着老王头脚边的布袋子,眼神挺好啊,捡得不少嘛。

我知道,大斌子恨老王头。忘了告诉你,老王头是我们的老师,他不止一次地批评过大斌子,当然,还揍过大斌子。那时,哪个男生没挨过老师的打呢? 多年以后,想起年少时的顽劣、倔强,倒觉得老王头下手太轻。大斌子还没停学时,就扬言要收拾老王头,当然,也收拾过。给老王头扣在宿舍窗台上的碗下放只青蛙。给老王头的烟筒里塞半截砖……

大斌子抓过布袋子,冷冷地,人可以走,赃物得留下。

月下,老王头佝偻着腰,搓着手,嚅嚅着,不知说了句什么,低下头走得风快,简直是,小跑了。

大斌子指着老王头哈哈大笑,慢点啊王老师,别绊倒摔了您的老腰。

月亮隐在了云后,有风吹来,潮润、燠热、烘烘的。大斌子叫我去场院,说,若有人来,就说我在墙外解手。

过了好一会儿,他才来。手里却不见老王头的布袋子。

谁也没想到,第二天晚上大斌子偷了半袋子碾好的新麦,刚出了场院,让队长撞见了。一问,说是想用麦子换甜瓜吃。下牛坡的天鹅蛋,好吃,甜、面。队长气得跳脚,骂他家贼难防。叫来他爸,问咋办? 他爸逮了自家一只老母鸡放到队长家的鸡窝,说肯定是贪吃。队长哈哈笑说就是个嘎小子。

大斌子跟着他爸回去后,他家的薄门板就关了。再开了门,大斌子瘸着腿骂他爸,下手真狠啊,好像我不是他亲儿子。

天黑时,大斌子来找我,说是昨晚倒霉,今晚你得给我放哨。

还要偷?

打能白挨?

那说好,天鹅蛋一人一半。

生命的储蓄罐

饿死鬼啊你。

那晚,他顺利地偷出半袋子新麦。朦胧的夜色下,他的两条长腿舞得飞快,在小巷子穿来穿去。我追得气喘,也不敢喊。谁知他竟然把袋子放到了老王头家的柴房子。

我问他,昨晚的也是给老王头?

他说你认为呢?

我说,那前几天的布袋子还老王头了?

他说,你哪来这么多废话。

我说,你不是恨他吗?

他说,咋不恨?那天我是想把布袋子交给队长,从他门口过时就听见他媳妇在屋里骂他是犟驴,说屋里都揭不开锅了还蹲在学校不挪窝。老王头一句不吭,我听着就心软得不行了,你说我这心是豆腐做的吧?

谁知,我跟大斌子刚把半袋子麦子放到老王头的柴房子,老王头呼哧从柴房子出来了。他扯住大斌子叫把麦子拿走,他说我偷你们不能偷,小小年纪可不能沾染了这坏习气,你们得走正道。

大斌子噗地吐了口唾沫,甩开他要走,老王头死拽住就是不让走。大斌子没法子,只好背起袋子,也不理我,气呼呼地走了。

我悄悄地叫他把麦子藏起来,明天换天鹅蛋。大斌子哼了一声,很不屑,吃吃吃,就知道吃。大斌子把麦子倒到了场院。大斌子说,这个老王头,看我以后怎么整他吧。一会儿,他又说,其实,老王头说得也没错,嗨,这个老王头,我这心软得还真有点不舍得收拾他了。

后来,大斌子和老王头成了铁哥们,我们几个跟老王头也成了铁哥们。

第六辑

为什么不种点东西

酒桌放在热炕上

徐一立觉得自己是多年的媳妇熬成了婆,他把工作安排好,就想回家看看老头子,给司机打电话时,还有些犹豫,转脸想想车和司机都是单位专门给自己配的,名正言顺的,为何不用呢?况且,还想让老头子看看呢。

一想起老头子,徐一立就有些气。

徐一立记得,从小老头子就没给过他一次好脸,做对了没有好脸,做错了事,不是打骂训斥,就是拿白眼翻他。十五岁时,徐一立记得很清楚,老头子叫他跟着一起浇地去。他是不想跟老头子在一起干活。那天白天锄地时,已经挨了老头子的训,老头子说,干啥就要有心气干好,我活了几十岁了,你问问去,可羊凹岭有人说我一个不没。老头子一训斥他就要拿自己说事,好像他干了多大的事得了多大的荣誉。果然,浇地时,一段土埝被水冲了个豁口,水哗哗地流到了邻居地里。他虽说十五岁了,可身单力薄。土埝好像也跟他做对,刚堵了这边,那边又唰地冲开了。他急得脸都涨红了,可还是堵不住缺口。老头子一来,一锨把把他打开,嘟囔着,干啥就要操啥心,你说你能干了啥呢?他捂住被打疼的胳膊站在一边,手足无措地看着老头子舞弄着铁锨,忽突忽突,几下就把决口堵住了。水,又乖乖地顺着玉米地流了。

想起以前,徐一立心说从小到大难道就没有一件事让老头子给个好脸称道一下吗?徐一立认为是老头子看不起他。可老头子一辈子干过什么大事呢?徐一立在心里哼了一声。

进了村,徐一立叫司机一直把车开到自家院子前,他不进去喊人,叫司机按喇叭。

院子静静的,只有风吹着桐树叶子骨碌碌滚。

徐一立只好叫司机把买的烟酒、水果、饮料搬下来,提着进了门,就见老头子抓着电话在喊话。老头子的耳朵有点背。见他们进来,匆匆地对着电话说了句"我一会过去",就撂下电话,接过司机手上的东西,拉着司机叫上炕坐,说脚下冷,炕上暖和。

徐一立吩咐司机回去,说我回去时给你电话。

老头子一直把司机送到门口,看着车出了巷子,才回来,回来就埋怨徐一立说中午了,好赖让人家吃口饭。徐一立说不用,他是司机,车和司机都是单位配的。

徐一立说得很淡,可是他的眼睛一直没离开老头子。他就是想看看老头子的反应。老头子好像没听见,自顾高声大嗓门地叫他把小桌子搬到炕上,说,炕上暖和,坐炕上吃饭。

小木桌子已经有些年头了,柿子木,死沉,紫红的漆皮掉了好多。徐一立把桌子放到炕头,竟有些气喘,说早该扔了这破桌子了,又不是买不起新的。

老头子说你看它是一张桌子,我看它是一个人的心,双贵的心。

小桌子是双贵送老头的。双贵家弟兄多,当年家贫,娶不下媳妇,是老头子从中周旋,帮他"哄"了个媳妇成了家。徐一立还记得双贵媳妇在他家哭闹说要离婚,说双贵家穷得跟狗舔了一样,啥也没有。老头子二话没说,扛了家里的桌子柜子送到了双贵家,叫他们先用上。双贵后来有了钱,买了新桌子柜子送了过来,老头子只留下了这个小木桌子。

徐一立说，要不是你帮双贵娶下媳妇，他现在能开着厂子当老板？

老头说，照你这么说，我帮人家娶了媳妇，还给人家定下了前程？

徐一立从他带来的东西里拿出一瓶酒，说，咱喝两盅吧。也不等老头子说话，就开了酒瓶，给老头子倒了一盅，给自己倒了一盅。

老头子滋地喝一口说，前巷法子媳妇跟他妈闹架，你先喝，我去看看。

徐一立想挡住老头子，老头子已经穿上了鞋，撩开门帘，走了。

老头是村里的"总管"，村里的红白喜事，人家请他管；婆媳不和，弟兄分家，夫妻闹架……也请他管事。不分白天黑夜，只要唤一声，老头就去了。老头性子急，脚步紧，走路小跑一般，常常的，主家还没回去，他就开始张罗了。

老头子回来时，饭已经凉了。徐一立给老头子把饭菜热了，催老头子快点吃，说又不挣人家一分钱，图个啥？声音不大，老头子却听见了。老头子说你懂个屁，人活到世上不是光为了挣钱才干活，有些活你倒贴人家钱人家也不叫你干，有些活你干了比挣多少钱都高兴。老头子哪地敲一下碗，这道理，还用我说？老头子说得豪迈，也硬气，好像他干的是天下大事。徐一立乜斜老头子一眼，劝他快吃，说这世界上没有我不懂的道理。老头子还要说话，应人提着两瓶酒来了。

老头说，你这是干啥。

应人说，娃结婚叔可没少操心，谢不谢别人，您，我得谢。

应人走了后，徐一立给老头子又倒了一小盅酒，说这回回去要忙一阵，调工作了。

老头子说，提了？

徐一立点点头。

老头子说，活没大小，干啥就把啥干好，干得好赖，人人都有眼都瞅着哩。

生命的储蓄罐

老头子喝了酒，话就稠了。琐琐碎碎，长长短短，都是邻居的家务事。

徐一立突然觉得老头子虽然一辈子没有走出羊凹岭也没有干出什么大事，其实，也挺厉害。徐一立就像小时候一样，乖乖地听着，乖乖地点头。

呼啸的尘埃

分拣包裹时，大张叫小姚看着点，说有食品包裹了，他得检查检查。

检查什么呢？一个快递员，又不是食品检疫员。小姚虽说来快递公司没有几天，可他已经看出这个大张的秉性。怎么说呢？脾气急躁，说话也不好听，给客户的电话没有两句就吼叫开了。这个且不说，分拣包裹时大张把包裹甩来甩去，有时，甚至要撕开包裹看包里的东西。小姚不敢说大张。大张个子不高，敦实得石碾子般，说话爱瞪眼睛，往往地，眼一瞪，拳头就握住了。小姚看一眼墙上的监控器，黑的镜头直直地照着他们。他嚅嚅唇，劝大张尽着本分干，不要让老板知道了。

大张叫小姚少废话，说老子用得着你教训？

小姚真从包裹堆里捡出一个食品包裹，送达的地址正是自己的区域，就要往包里装时，大张看见了，劈手扯过包裹，嚓地撕开了胶带，里面还有一个包装，包得挺严实。小姚担心大张撕坏了包裹，就叫大张不要耽搁时间了，说不要叫客户看出来，交不了货。大张说我就看一眼，口一封,谁能看出来?他在单子上签了字,你就走了,里面的东西多了少了,关你啥事?

包裹是一盒上海点心。小姚看见了,核桃般大小的点心,一个格子一块,十六块,用奶白色的纸包成一个花的样子。大张捏起一块,打开包装纸,就把点心放到了嘴里,直说好吃,把盒子举到小姚脸前,叫小姚也尝一块,说人家上海的东西就是好。说着,又捏出一块吃了。小姚不吃,夺过盒子,看着空的两个格,急得挤出了两眼泡泪。大张不耐烦地说怕死了,我给你包装好,保准露不了馅。他把小姚的饭盒拿了过来。饭盒里是小姚的中午饭,妈妈给小姚带的玉米发糕。小姚最喜欢吃妈妈蒸得玉米发糕了。

小姚想想只好如此了,他推开大张,把玉米发糕掰成点心大小,用包装纸把发糕也包成花朵的模样,才仔细地封了盒子装进包裹里。抱起包裹包,小姚跨上摩托,呼地驶出公司院子,风样呼啸在大街小巷里了。

穿行在城里的大街小巷,刚才的不快在小姚的心里也似乎消遁了。小姚喜欢骑在摩托车上风驰电掣的感觉。正是中秋,阳光明亮,空气清洌。黄的绿的桐树叶子在飘落。有风落,没风的时候,也落。没来由的,小姚的头上,有时是摩托上,就落下一片桐树叶。小姚把摩托停下,把叶子别到耳朵上,一边耳朵一片。用头盔压着,摩托开得快也不怕掉。小姚想云云看见了他的这幅模样,肯定要乐得在他的脸蛋上拧一把。云云。小姚想起云云,摩托就跑得慢了。彩礼、房子、车子。云云怎么就听了她爸妈的话了呢?小姚不明白。

最后一个包裹了。

一位老人站在门里,接了包裹,却不签字。

老人叫他进屋喝杯茶。老人说,你们送快递的整天在路上跑,太辛苦了。

小姚的眼里有点热,接了茶杯。

生命的储蓄罐

老人剪开包裹，说包里是点心，上海点心，你也尝一块。

小姚的手摆得风中的叶子样，心，突然就狂跳了起来。点心。上海点心。玉米发糕。小姚一下也不想在老人家待了，叫老人签字。

老人却不签。老人说，你不吃一块，我就不签。老人说，你给我送快递，我请你吃块点心，有啥呢？我这又不是毒药。

小姚没法子，看着老人剪开包裹，剪开包装，打开点心盒，拿出一块点心给他。老人也拿出一块吃，小姚看见老人手上的正是他的玉米发糕，就慌得脑门上冒了一层汗。老人吃着点心，呀地叫了一声，说今天的点心跟往常的不一样。小姚觉得他的血一下子涌到了头上，脖子胀得让他几乎要窒息。小姚悄悄地把手里的点心放下，又叫老人签字。

老人说好，你稍等一下。老人又从盒子捏出一块点心，塞给小姚，问小姚好吃不？小姚不要，说您留下慢慢吃。老人哈哈大笑，说我这里有的是，都吃腻味了。今天要不是跟你一起吃，这盒点心还不知放到啥时候了。老人又吃了一块，失望地说，这个是以前的味。老人把所有点心都拆开来，要找刚才吃的点心。小姚看见那块玉米发糕丑丑地挤在盒子里，他的心又跳得纷纷乱。老人也看见了那块玉米发糕，欢喜地托在手心，说，它的味道跟我老娘蒸得一样样。六十多年了，都没吃过这么好吃的发糕了，没想到，上海把它当点心卖，真好，看样子我女儿知道我的心思了，一会儿我得给她电话，叫她再快递些这种点心。

一路上，小姚把摩托骑出了风的速度，桐树叶子在他的头上脸前噼里啪啦地落。小姚真想给云云打电话，说老人，说发糕点心，说他要好好干，挣彩礼挣房子车子。进了公司院子，小姚一抹脸，脸上湿湿的。刚进门，大张也回来了。

老板叫他俩结算了工钱走人。

大张还要争辩，老板摆摆手说最好不说了，说了，大家脸上都抹不开。

小姚请求老板让他再送一次。

老板说，不用了，今天的已经送完了。

小姚说，我想给那个老人送一盒完整的点心。

老板说，那是你的事，跟公司没关系。

小姚把他的饭盒装到包里，骑上摩托，呼啸着向老人的家里奔去。

为什么不种点东西

哎，大哥，那些东西，卖不？

我蹲在地边，正抓着小锄头乱锄时，抬头看见那人骑在三轮车上，黑红的糙脸泛着油光，在栏杆外朝我笑。他的下巴点着北墙角下的一堆饮料桶啤酒瓶，说，卖不？三轮车上的音响咕咚咕咚，山呼海啸，简直要淹没了我。我说，什么？我觉得我的声音是从海底浮上来的，虚弱又无力。

他嘣地跳下来，手里扯着个编织袋，径直走进院子，走到那堆垃圾前，说清理了吧？这么好的院子，大哥，堆这东西，碍眼。

挺会说话，会说话，就能让人开心。我媳妇说的。我媳妇喜欢会说话的人，我却偏偏嘴笨得要死。我说，好吧。

我靠在香椿树上，看着他数完啤酒瓶，在地上记下一个数字。数完饮料桶，在地上又记下一个数。他说，各是各的价，做事不能含糊，我就见不得眉眼不分头脑不清的人，你跟他说什么呢？他看我一眼，说，你那

第六辑 为什么不种点东西

是香椿树吧，我家院子也有一棵，比你这棵要大，春天能掰不少椿芽，切碎了，腌着，啥时候想吃了，炒鸡蛋，凉拌，多放点油和辣椒，能多吃一个馒头。我去的地方多了，哪个地方的饭菜也没咱这香椿炒鸡蛋好吃。

我扭头看着头顶的香椿树叶，阳光抚在树叶上，风从树叶上滑过。我第一次发现香椿树叶的嫩芽是淡淡的紫红色。

尤其这嫩芽，紫红色时最好吃，一旦绿了，就有点老了。他说，香椿的香味很特别，一定要细细品，才能觉出香味来。世界上好多事都是一样的，得去品，幸福要品，苦难也要品。你相信不大哥，苦难也得品，品着品着就觉出苦难的滋味也很特别。他小心地绕过地上的数字，从三轮车上取来一杆秤，把捆好的纸箱子钩在秤钩上，叫我看秤。我懒得动，离开香椿树，坐在台阶上，说，你拿走吧，别秤了。他不同意，一手提着秤绳儿，一手把黑的秤砣在秤杆上挪，说，我不是捡垃圾的，我不做那事，我收废品，废品不是垃圾。

三轮车上的音响还在咕咚咕咚。我说你能不能把车上的音响关小点。他嘿嘿笑笑，把音响关了。一时间，全世界好像都安静了下来。阳光煦暖，明亮。风儿柔和，绸子般轻轻飘。是三月还是四月了？

都四月了，清明都过了，你这园子咋还荒着？他把废品袋子啪地扔到车上，说，你不该让园子荒了，眼里有风景，做梦也会笑出声。他捡起我扔在地上的小锄头，说，这么好的园子，荒着，多可惜。

种什么呢？我不知道种什么。我从来没有种过庄稼。是媳妇说她喜欢带园子的房子，我才在城郊买了这处房子。媳妇说，在院子里种点花种点瓜，夏天了，坐在瓜棚下，摇着蒲扇，看着蜜蜂蝴蝶飞来飞去，嘤嘤嗡嗡，多好。可我哪里知道我搬来了，她却走了。

你的园子你说了算，黄瓜、南瓜、豆角、芝麻、玉米、红薯，你喜欢什么就种什么，种什么也不能叫地荒着。他蹲在地里，用那把生锈的小锄头一下一下地啃着硬的土。他说，要是我，就种豆角南瓜，我喜欢黄色的南瓜花,一开,就忽闪忽闪的,我媳妇喜欢豆角花儿,说豆角花儿碎,紫不溜丢的,一开一串一开一串。她说等攒够盖房子的钱了,就回老家去。

小的锄头在他手里舞弄得有力。太阳下,一股酸酸的腥味在园子绕开了。一会儿,我的小园子就翻了个遍。他抹把头上的汗,给我要种子。他说,随便什么种子都行,最好是菜种子,以前在老家,我就种菜,西红柿、茄子、辣椒,长得可好。我那地好,我也舍得出力。光有蛮力也不行,你知道,干啥都得会管理。

我一下拿出好几包种子,有蔬菜也有花卉。本来是准备跟媳妇一起种的。我种花,你点豆;我浇水,你锄地……媳妇说。多好的田园生活。可她看到这所园子时又说,你把钱都买了房子,生意不做了?我一直不知道她到底要什么样的生活。

人不可能什么都知道,对吧大哥?他点着种子,扭头对我说,可你有了这么个园子,你就得给它种花种菜。别嫌麻烦,生活就是这样,拥有了,就得管好。

种完了地,我把家里的废纸箱子、旧报纸、旧书本,呼啦啦翻腾出一大堆。我说,这个都给你。

他笑了,说你咋给屋子堆这么多废品?人活着得学会清理,像这园子,勤清理杂草害虫,菜才能长好。他手上抓着大秤,黑铁的秤砣在秤杆上晃来晃去,总想要刺溜砸下来的样子。我不由得退后几步。

三轮车咕咚咕咚要开走时,他突然想起什么,甩甩手,从怀里掏出一张纸片,给你,大哥,上面有我的电话,饮料罐别人收两毛,我收三毛,谁也管不了我。他吸了一口烟,好像号令三军的大人物一样,眯着眼说,很多人跟我有联系,他们家有了废品就给我电话。家里不要堆废品。眼里全是废品,心就要长草。他又回头对我说,记得浇水,不要让园子荒着。

我捏着他的名片,看到那上面的名字:吴飞龙。名字下有一行小字:飞龙再生资源有限公司董事长。下面还有一行小字:把废物交给我,我

生命的储蓄罐

还你一个美丽的新世界。

好大的口气。我想笑,眼却湿了。

这 么 美

胡小胖有一个相机,是他哥胡大胖给他的。

胡大胖带着女朋友到羊凹岭玩。女孩是城里人,到了岭上,看山山岭岭稀罕,看山上的野花野草也稀罕,不停地叫胡大胖给她照相。胡小胖嘿嘿笑着,跟着胡大胖和女孩。胡大胖叫弟弟一边玩去,说是这山旮旯你又不是没见过。胡大胖是想跟女孩单独在一起。可胡小胖癞皮狗一样打不走。

胡小胖其实不看他们,也不管他们干什么,他盯上了胡大胖手里的相机。

胡大胖不耐烦地把相机给了他,教他看,又教他照相,叫他一边耍去。胡大胖回城里了,没带走相机。胡小胖每天和他爸喂了猪,就欢喜地举着相机拍岭上的野花,拍岭上的树。岭上的青石蛋子、沟沟岔岔、落日朝霞,流云飞鸟,胡小胖都拍在了他的相机里。

胡小胖到镇上把照片冲洗了出来,挂在他的小屋里。屋里挂不下了,他就给院子横的纵的扯好几根绳子,把照片挨挨挤挤地夹上去。胡小胖看着那些照片,看得仔细又欢喜,看一张,就要喊一声,这么美;看一张,就喊一声,这么美。

啊,这么美!这么美!

胡小胖的欢呼引来了巷里闲坐的人,他们没想到傻子胡小胖会拍出这么多照片。他们在照片下钻来钻去,指着照片上的树,说,这不是下牛坡地的那棵柿子树吗?指着照片上的一群羊和牧羊的人,说这不是刘三和他的羊吗?回头看灰扑扑的羊凹岭,他们都觉得没有这么美,是傻子胡小胖把羊凹岭拍得好看了。

胡爸爸看着那些照片,就来气,就想把相片撕了,把小胖脖上的相机给摔碎,可想想那都是钱换下的,只好使劲咽了几口唾沫,气恼地说,大胖打工挣得钱,都让小胖给糟蹋了。

胡妈妈却不这么认为。她欢喜小胖有个事占心,不再疯跑。有人来看相片,胡妈妈就热情接待,一碗一碗的糖水递到人们手上。那些人喝着糖水都夸小胖拍得相片,说要是参加摄影比赛,能得大奖。

胡妈妈抹着眼泪说,啥奖不奖的,我不指望,只要他不给我惹事,我就阿弥陀佛了。

邻居也都说胡小胖迷上了照相后,疯病再没犯过。大家都认为,胡小胖的疯病没准叫拍照给治好了。

谁知,没过两天,胡小胖的疯病就犯了。

在羊凹岭的山神庙前,胡小胖把应人的头砸了个包。应人带人拆山神庙和老戏台,胡小胖头上脸上罩着蛛网,满身黄土黑灰地从庙里钻出来,叫应人看他相机里的相片。应人不看,指挥推土机往庙前开。胡小胖就一块石头咣地砸在了应人的头上。应人的头上突突突冒出个鸡蛋大的包。人们斥骂着胡小胖,劝应人回去抹点生油。应人不去,说赶明天得把这些破烂拆了,地平整了。全县上下都在创建文化强县,村里计划在这块地上盖新舞台和村民活动中心。应人说,这破庙和戏台多少年没人管,就是不拆,也保不住了,再来一场雨一股风说不定它就塌得没影

生命的储蓄罐

134

影了。

胡小胖不理会应人的话,脖上挂着相机,两胳膊翅膀般参着,挡在庙前,不让拆。有人往前走,他就捡石头砸人。胡小胖举着他的相机嚷嚷,你们看,这么美!你们看,这么美!胡小胖的黑脸紫红,额上的血管蚰蜒般暴起。看人们不听他的,就跳脚吼,谁要拆了山神庙,我就拆了他家房。

没人上前了。他们相信胡小胖这个傻子说到做到。

应人只好把村委会一班人叫来,去找胡小胖父母。他们都说,这是为村里人办好事哩,别的村子的活动中心、休闲广场都建好了。

他们刚进了胡小胖院子,就怔住了脚步,紧跟着他们看热闹的人也怔住了脚步。

胡小胖院子的绳上又挂满了照片。

胡小胖把应人他们拉到相片前,指一张说这么美,指一张说这么美。

绳子上挂的都是山神庙和老戏台的照片。那些穹顶、木雕、石雕、壁画……虽显斑驳、黑糟,可做工的纷繁、精致和栩栩如生还是显见。

那些人都问,这是山神庙的顶子?这是老戏台的窗户?他们看着照片,想着破烂的山神庙老戏台,都觉得没这么美,是傻子小胖给拍得好看了。应人可没闲情看那些照片,他跟胡爸爸商量,想办法管住小胖,别到工地上闹事,影响工程进展。应人说,县上年底要来检查新农村活动中心。

第二天,胡小胖脖上挂着相机,欢喜地说大胖叫他去城里洗照片去。他指着相机叫人们等他回来看山神庙老戏台的照片,他开心地嚷,这么美!这么美!

拯　救

张琴打着哈欠,正在给妹妹张箫烙煎饼时,屋里传出妈妈的一声惨叫。张箫吓得嗖地蹦到张琴身边,抱住了张琴。张琴放下摊弄不开的面糊糊,心说,迟早会有这么一下的,早,总比迟了好。张琴刚把张箫抱在怀里,妈妈就出现在了厨房门口。

妈妈终于离开了窗口。张琴看着妈妈想。

自从夏天爸爸出车祸死后,妈妈就把自己变成了一具木雕泥塑,白天,手上握着那只口琴,一动不动地坐在窗口;晚上,妈妈把口琴压在枕头下,和口琴同床共眠。口琴是爸爸的。爸爸死后,口琴取代了爸爸。张琴看见,浑身冰冷的妈妈把口琴握得热气腾腾。

妈妈是要把她全部的温暖都要交给那只口琴,然后,随着那温暖一丝一缕地飘散吗?张琴不敢想。张琴叫来了奶奶姥姥,叫来了大姨小姨、大姑小姑还有妈妈的朋友,来劝慰妈妈说服妈妈。没用,一点儿用也没有。

张琴说,那好吧,让我来。张琴觉得自己有责任帮妈妈从痛苦的泥淖中救出来。出现在厨房门口的妈妈像一块冰般嗖嗖地喷射着寒气。妈妈以前不是这样。以前的妈妈美丽、明亮,连那咯咯咯咯的笑声都像是涂抹着阳光,灿烂、清脆、美好又多彩。

张琴抱着哆嗦的张箫,忧郁地看着妈妈。

妈妈不看张琴,倏地扯过张箫,猛烈地摇晃着张箫的肩膀,恨恨地

生命的储蓄罐

把口琴给我！

张箫像一只瘦弱的小鸡，在妈妈的手下可怜地摇摆，哇哇地哭着摇头。

妈妈撕扯着张箫，披散的头发在她寒光闪烁的脸上噩梦般晃着，冰凉的空气在张大的唇齿间呼啸而过，除了你，还有谁！

张琴从妈妈手里夺下张箫时，觉出了妈妈瘦弱下的力量，那是寒冰下暗涌的流水，是万念俱灰的最后一拼，是山穷水尽的顽强。张琴仰起头，咬住翻滚的泪水，然后心疼地盯着妈妈，是我拿的。

为什么？妈妈颤抖了一下，衰弱地倚在门上。

为了你，为了我和张箫，为了咱们这个家。

你有什么资格？妈妈的声音刀般仇恨，一个字一个字地砍向张琴。

我怎么没有资格？是爸爸的，我就有资格。

把它还给我吧。妈妈一下子变得棉花般苍白又孱弱，拽着门，哀求。

不会。我不会把它再给你。这么多天来你什么都不管什么都不问，你的眼里心里只有爸爸只有爸爸留下的那只口琴吗？你忘了你还是妈妈还是女儿还是儿媳？爸爸没了，你还有我还有张箫还有奶奶和姥姥。我们不心疼爸爸吗？我们的泪水没有你多吗？我们的日子长着呢，完全可以慢慢去哭慢慢去痛，干吗没明没黑地一下就哭干哭尽哭得不管不顾呢？

张琴说完，就拉着张箫从妈妈身边走过，一直走到大门口，张琴都没有回头，她也不让张箫回头看妈妈。她想，该让妈妈从痛中醒来了。

张琴抓握着张箫的手，觉得妹妹的手小如娇嫩的花朵，在她的手心里柔弱得不堪一握。张琴心疼地捏了捏张箫的手，似乎是捏住了一份责任和担当。张琴想，从今以后，该自己照顾妈妈和妹妹了。张琴对妹妹笑笑，把妹妹送到学校，她去了超市。

小超市是爸爸和妈妈开的。爸爸死后，超市就没有开过门。

张琴推开卷闸门，桌子上爸爸的相片倏地闪入她的眼里。冷寂的超市里，张琴看着爸爸平静又无辜地看着她。她的眼泪哗地就涌了满脸。

以前,张琴很少来超市。来了,待不了一会儿就要走。她不喜欢超市的工作。给爸爸要些钱,就可世界地玩去了。玩够了回到家里,不是蹲在电脑前玩游戏聊天,就是彻夜地看电影。张琴跟谁都不说话,她说受不了妈妈的唠叨,爸爸的呆板,妹妹的幼稚。张琴从来没想到她去担当什么负什么责任。有爸爸妈妈呢,她总是这么想。只是在爸爸死后,看着妈妈的颓废和伤心、妹妹的弱小和无助,张琴觉得轰隆隆的光阴把她推到了一个新的天地里,以往的日子梦一般离她遥远了。

中午的阳光给门口画下一个方框时,一个黑影嵌进那个亮的框里。是妈妈。

张琴看见妈妈手里提着饭盒,肃立在温暖又明亮的阳光里,眼里隐着无尽的忧伤和歉意,静静地看着她。

张琴心说,妈妈得救了。

张琴心说,也许得救的还有自己。

张琴的眼睛一下就湿润了。

张琴冲着披了一身温暖的妈妈喊,妈——

养 父

生命的储蓄罐

让玲回去,不让玲回去,让玲回去……

从早上下牛坡的人走后,栓子抓着编了半截的篮子,靠在桐树上,就不停地询问自己。

下牛坡的人是为玲来的。那人进门时,栓子正在编篮子。圆的筐子在他苍老的手上灵巧地旋转着,细的柳条一根根续上去,好像把眼前身后的岁月一点点编进去了般。栓子编大筐,也编小的,还编笸箩,大的装面粉装粮食,小的是女人用的,装针头线脑。人都说,栓子编的筐好看、耐用,一辈子也用不坏。

那人说,明立就一个儿子,死了。绳到细处短。可怜,也是没了法子,让求你。

栓子搓着糙手,眉眼当时就黑了,默了好一会儿,才重重地说,不行!

那人小心地看着栓子,说一句,停一下,真的是可怜哩,好强了一辈子。要说这人,再强强不过命,命里有三升,你别争一斗。

栓子不吭声,一根烟吃得云遮雾罩的。

那人说,家业厚实着呢,玲回去,受不了屈。

栓子的眼神闪了一下,倔倔的,不行!还是冷冷的调。

那人说,玲回去,你也不愁养老了,养十个你都养得起。

栓子呼嗵站起,摔了烟,脚尖狠狠地碾,我说了不行!

那人走时,嘱咐栓子好好想想,说,毕竟人家是亲的,血缘亲,钢刀都铡不断。

栓子噗地吐口恶痰,说,没用!亲的?凭啥?我说,别想!

桐树黑的花的阴凉里,栓子手抖得捏不住细的柳条,十八年的光阴却呼呼啦啦地谁推着般,一日一日的明明黑黑,在他眼前演开了。

那年冬天,雪里,栓子去下牛坡送筐,玲的亲爸明立订的。明立正在家里打老婆,噼噼啪啪的,笤帚把落哪儿算哪儿,狠狠的,咬牙切齿的,要把女人往死里打似的。栓子扔下筐,上前劝,不敢打了,打坏了,可是两条命哩。栓子看出来女人怀着身孕。

明立气哼哼地摔了笤帚,给栓子数落老婆的不是。栓子看着缩在墙角的女人,叹口气,没说话。栓子知道明立有了相好的,不想要老婆了。栓子没想到他出来没走几步,明立撵了出来,说你若不嫌弃,把她领走,我知道你是光棍一条。

栓子没想到这人要把老婆送人。他一下就愣住了。明立说,你不愿意就算了。女人就跟在那人背后,低着头,不说话,瘦削的肩膀瑟瑟瑟瑟抖得风中的蒿草般。栓子心一横,说那我先给她一个住处,你啥时领她回去都行,她还怀着你的娃娃。明立摆着手说,人,我是不要了。栓子问,那娃娃呢?明立说,若是男娃,我养;若是女娃,你扔也好养也好,随你。

栓子领着女人回去后不久,女人就生下了玲。可没出满月,积郁成疾的女人就死了。

轻风拂过,阳光给栓子的脸上筛下一团白亮。栓子眯着眼,想起玲会走路会说话了,会叫爸会生火煮饭了……真快呀,栓子的眼里挤出了两眼泡热泪。

晚上,栓子扯一页竹席子,铺在月下,躺着,又在心里问自己:让玲回去,不让玲回去,让玲回去……

栓子一夜未眠。

早上,玲起来了,要去做饭时,栓子叫住了她,说,下牛坡的明立,你亲爸,你的同父异母弟弟死了,他想叫你回去顶门立户,我说,你回去吧。明立,你知道,有钱。

玲轻轻地说,我知道。

栓子看见玲说"我知道"时好像在说一句很平常的话一样平静静的,他的眼睛一下就瞪得牛眼大。他不知道玲什么时候知道的。他抹下眼皮,捡起一根柳条,可手抖得险些抓不住。细长的柳条给地上画下许多的影子,横横竖竖,如栓子的心思,纷纷乱。

去吧,到底是你生身父亲,人家还有钱。

不是钱不钱的话。

生命的储蓄罐

不是钱,就是人嘛,没有那人,你能到了这世上?

有他,我咋不认得?我就知道你是我爸。没有你,我早叫狗吃狼啃了。

话不能这么说,树有根水有源,人得有良心,我栓子的女儿不是不仁不义的人。

玲叫了声爸,泪水流了满脸。

玲要去下牛坡时,栓子叫她换身新衣裳,说,一会儿把头发也洗洗,别灰头土脸的叫人笑话。

夏日的阳光火辣辣地走到当院时,栓子给院里晒了一盆水,水里扔了一把芝麻叶。玲看着绿生生的水,又哭了。玲记忆里的夏天,爸从地里回来,就要捋一把芝麻叶,泡水里给她洗头发,说芝麻叶水洗得头发光溜、黑亮。玲赶紧低下头,把头发泡水里,喊爸给她洗头发。

栓子嘟囔她长不大,可还是放下了手里的活儿,乐颠颠地过去了。揉搓着玲的头发,栓子的眼又湿了,抽抽鼻子,一颗泪就摔在了玲的头上。

玲走了,栓子坐在桐树下,手里抓着编了半截的柳条筐,没有动一下,一天他都没动一下。

雪花那个飘

一阵湿的凉风从亮门里挤了进来。一抬头,呀,门外飞雪了。

雪花斜斜地飞,牵着风的衣袂,荡秋千般呼呼地飞得迅疾。没有风,它们就静静地飘,轻手轻脚的模样,像个乖巧的孩子。突然的,不知从哪儿跑过来一阵风,也不大,树枝都没动一下,枝头的那片枯叶都没动一下,雪花,先动了起来,舞得乱纷纷的,像一队整齐的小学生,走得好好的,因了一个什么好玩的事,就哄然大笑了起来,就你推我我操你地打闹了起来。原来是,小黄狗跑了过来,搅起了一团风,搅乱了雪花。

小黄狗的爪子抠挠着亮门,咻咻地低吼。它分明是看见了亮门里的小丫头。

小丫头刚刚把亮门推开一道缝,黄狗就挤了进来,蹭着小丫头的腿,仰着头,抖着毛茸茸的尾巴,看着她。

小丫头不理小黄狗,她稀罕的是亮门外的雪。她狗、狗地喊着,叫狗让开,她要看雪花。狗轻轻地哼了一声,蹲到一边,黑琉璃般的眼睛看着她。小丫头把手伸了出去,手上刚触到一点的凉,妈妈就喊,门是不是开了啊?门缝的风扇车风。她听不懂妈妈的话,可她知道妈妈是要她关住门,冷。怎么不冷呢?炉灶里的火暗暗的,做完饭妈妈就用湿煤渣封了火,再亮起来,要等做下一顿饭。她倒不觉得冷,回头悄悄看一眼炕上的妈妈。妈妈正在给爸爸做棉鞋,黑平绒的棉鞋,胖乎乎、肥嘟嘟的黑鸭子般。她刚想把手再伸出去,妈妈又喊她,叫她把灶台上的糨子给她。糨子是昨天妈妈做的,做鞋底用。她应了声,迅疾地推开亮门,把手伸了出去,接到几片雪花,倏地缩了回来。她看见,三朵雪花开在她小的手心里,一点点,还没来得及细数花瓣,雪花已汪出一滴水。

雪花藏到水里去了。她想。

这样想时,她就伸出舌头,把手心里的水珠舔得干净。舌尖上凉丝丝甜津津的。她咯咯笑了,使劲将那三滴水珠咽到肚里。

雪花就藏到我肚里了。她想。

小丫头把糨子给了妈妈。妈妈没有用糨子糊鞋底。妈妈把糨子抹在布条上,缠裹在手指尖上。十个手指,妈妈裹了八个。两个小拇指没

生命的储蓄罐

有裹布条。小丫头看着妈妈手指尖上的血口子,红的黑的,她的心就丝丝地疼。妈妈缠一个,她的心就疼一下。一个冬天里,妈妈不知要裹糊多少次手指头上的冻口子。

妈妈裹好手指,下了炕,跋上棉窝窝,歪着身子,从炉下的灰坑里,掏摸出一块红薯。烫的红薯在妈妈手上噗噗地蹦跳着,香甜就在屋里结开了网。小丫头看见,那网一道金黄,一道奶白……

小丫头缠绕在妈妈的腿边,盯着红薯。黄狗也缠绕在妈妈的腿边,盯着红薯。妈妈剥着红薯上焦黑的皮,说,别急别急。黑的皮剥净了,焦黄的香味更浓了。妈妈把红薯掰开,给小丫头一大块,给小黄狗一小块。小丫头吃得香,吃一口,看一眼小黄狗笑。小黄狗低着头只顾吃,不看小丫头。妈妈看着小丫头吃得直伸脖子,就乐了,叫她慢点吃,说炉灰里还有。

吃完了红薯,趁妈妈不注意,小丫头跋上棉窝窝,叫上黄狗一起到院子玩雪去了。

院里的雪已经厚厚一层了。

小丫头在雪地里呼呼地东跑一阵西跑一阵,抓一把雪团攥一个雪球往墙上砸往桐树上砸,抱住桐树晃,看雪花扑簌簌落得密密匝匝,就开心地笑了。母鸡公鸡耷着羽毛,抬高着脚,从鸡窝里出来,瞪着小黑眼睛,东瞅西看,找不见一点吃食,给雪地上踩下几个花儿般的爪印,又踅摸回窝里去了。小丫头在雪地里踩出了一个"汽车轮胎"、一道"铁轨"、一辆"坦克"……黄狗也来了兴致,在雪地里来回跑,踩出来一团一团的乱花。

呼呼呼呼,雪花让小丫头和黄狗搅得纷纷乱纷纷乱。

小丫头和黄狗回到屋里时,小丫头的棉窝窝已经湿透了,手脚冻得胡萝卜般。妈妈把小丫头搂在怀里,把她的手握在手心,搓得哗哗响,一边轻轻地哼唱,苏三离了洪洞县……小丫头觉得妈妈的手阔大,粗糙,却很暖和。

第六辑 为什么不种点东西

炉里的火嚯嚯地响,紫红的火苗忽突突地跳着。

院子的雪,扑簌簌、扑簌簌下大了。

生命的储蓄罐

新年快乐,新年快乐……年终岁始,总会收到、送出如许祝福。身边的,远方的。一年结束了,一年又要开始了,岁岁年年,年年岁岁,循环往复,川流不息。

走在雪花飘飞的新年的日子,灰雾蒙蒙中,内心也有些许的怅惘涌荡,想说一句扫兴的话,老气横秋的话——逝者如斯夫,又觉得孩子气。想想,话在心里嘴边漾了几漾,终是冻结。时间却在眼前身后,在明里黑里,在这雪花的轻盈中,翩翩而来,翩翩而去。

想起年少时对时间的轻视,是多么的浅薄。你不得不相信,有些东西只有在生命走到了那一处,你才会感悟到体察到那一处的欢喜和悲哀。古道西风瘦马,在少年人看来是多么的浪漫、洒脱,少年人的眼前总有大把大把的时间堆积,飘在如花的笑靥上,染在黑漆的发丝间,轻轻一抓,满掌心都是亮亮的阳光。怕什么?慌什么?挥霍、率性、随意,任由心情放纵,流连、欢笑、哭泣、奔跑……尽兴尽情,昏天黑地。少年听雨歌楼上,中年听雨客舟中。中年人的眼里心里是黑的惆怅和深沉。听雨在客舟中的中年人,满眼是暗云压下的无边江水,是孤零的燕子哀哀的鸣

声,是匆匆的脚步上的沧桑和洗刷不尽的尘埃。

好在有回忆。人因有了记忆而高贵。回忆是幸福的。回忆是人生的另一条路径,沿着记忆的铁轨,我们拥有了又一个人生和绵绵的情感。

前日回老家,去村里一家有着"大夫第"称号的院子闲看。古老的高耸的门楣,门楼里的前厅后院,给人的是无尽的沧桑和抹不开的无奈。镶嵌在门楣上、照壁上、檐头的砖雕木雕,虽经了上百年风雨的侵袭,可那些花卉、人物、走兽的形象依然生动、玲珑、丰满,能想象出当时做工的考究和精细,也能想象出当时此户人家的荣光和显赫。问门口接水的男孩这座老宅子的历史时,他却满脸的茫然和羞涩。我看见时间从他年轻的眉眼间呼啸而来、呼啸而去。走了的,一去不返了,决绝,寡情,刀斧利剑般果断。

触摸着砖缝墙角的青苔,突然就觉得我们每个人的怀里都该有一个罐子。时间酿做蜜糖,小心地藏在黑釉的瓷罐,抱在怀里,藏在心里,一点,一点,舔舐,呷摸。酸甜也好,苦辣也罢,你都不忍舍弃了。

生命应该像一只罐子,新鲜的刚出窑的陶罐,一天一天地经着日子的打磨、淘洗、填充,渐渐地光鲜哑了,陈旧了,却成了自己怀里的一只古董,罐里蓄藏的都是生命的温暖和伤感,一粒一粒,丰富、饱满、生动,全都是生命的印记。是生命的陶罐。我喜欢有着黑釉的陶罐,浑圆的肚子、大口或者小口。在我的记忆里,家乡人是把拥有陶罐的多寡,作为衡量一个家庭富有或者贫穷的标志。很久以前,油盐酱醋,离不开陶罐的盛装;磨回的白面粗面豆面,也要用陶罐来装;从地里收回来的麦子玉米小米豆子,是一家人一年的粮食,要收拾到陶罐里了,才能安心;麦子玉米的种子更是要依了陶罐的不怕虫蛀不怕鼠咬不怕潮湿等诸多功能来装。而在南方某个地方,因为地理的潮湿,人死后三年,要"做风水",就是要刨出来重新埋葬。再次入土为安时,就是用陶罐盛装骨殖。陶罐,就有了非凡的意义——给活人以生养将息,给死人以安然安息。

我们每个人的怀里都拥有一个陶罐,记忆的陶罐。经历过的快乐和忧伤、疾病和健康、汗水和心血;遇到的人、有过的情,都如古人结绳般收藏到我们的陶罐。过去的岁月,老旧的生活虽寡淡无味,波澜不惊,但平淡、琐碎的生活也会给陶罐储蓄许多的心绪,让人在两鬓星星时,感叹那过往的悲欢离合。生命因了陶罐的储蓄而丰盈、充沛、厚重又摇曳多姿。

　　眺望长空,漫天飞雪。瑞雪兆丰年。龙年,会因兆丰年的瑞雪一切安好吧,那只深藏在内心的陶罐,有着黑釉的光亮的色泽,有着圆润、浑实的大大的肚子的陶罐,也会收藏到不同往日的欢欣吧。祈盼、祝福,给我所有的亲人和朋友。

生命的储蓄罐